新「ニッポン社会」入門

英国人、日本で再び発見する

コリン・ジョイス Colin Joyce

森田浩之（訳） Morita Hiroyuki

三賢社

新「ニッポン社会」入門

英国人、日本で再び発見する

目次

ぼくが日本を離れた本当の理由

「日本のことが懐かしいって思えるようになりたかったんだ」

ぼくはこの言葉を実際に口にしたことはないけれど、みんなが聞いてくる質問への答えを考えると、こういうことになる。その質問とは「どうして日本を離れたの？」というものだ。

この質問はまわりからしょっちゅう聞かれる。みんなぼくに日本のことを尋ね、ぼくは答える。ぼくが行った旅のこと、記者として取材したすばらしい話のこと、神戸の学生寮の部屋から見えた大阪湾の眺めのこと、近所だった長原（東京・大田区）の商店街のこと、マウンテンバイクで東京中を回ったり隅田川沿いをランニングしたこと、小さなお祭りや夏の花火のこと、下町と神谷《かみや》バーと大好きだった小さな居酒屋のこと、景色、音、におい、そして人々……。ぼくはいくらでも話すことができる。

当然、みんなは聞いてくる。「日本が大好きだったみたい。じゃあ、なんで離れたの？」

説明するのはむずかしい。ぼくは日本のマイナス面を、みんなに話すかもしれない。公園が少ないこと、夏の猛烈な暑さ、梅雨、騒音公害など生活面のいくつかの問題。あるいは、東京特派員という仕事に感じた幻滅について話す。ジャーナリズムの原則にそむくようなことをせざるをえなくなって、とても落ち込んだ話だ。あるいは、そろそろ別の国で別のことをやりたくなったと話す。ときには半分冗談で、鴨居《かもい》に頭をぶつけることにうんざりしたから、と言う。

どの答えもそれなりに当たっているが、質問の答えになっているとは言えない。初めに書いたように、ぼくは日本のことが懐かしいと思えるようになりたかったのだ。

ぼくは日本に飽きたことはないし、日本が与えてくれたチャンスとすばらしい経験にはいつも感謝していた。でも知らないうちに、ぼくはそれを当たり前のように思いはじめていた。日常になり、お決まりのことになりはじめた。

ぼくは自分が初めてそう感じたときのことを、ほぼ正確に言い当てられる（正確な日付までは記憶していないが）。ぼくはイギリスから戻り、成田空港から両国の小さなアパートに帰るため京成線に乗っていた。アパートまでまだずいぶんかかるなとか、天気がちょっとよくないとか、これから何日かは時差ぼけに悩むだろうとか、いろんな請求書がたまっているだろうなとか、そんなありふれたことを思っていた。それからぼくは、何かが変だ、何かが足りないと気づいた。以前なら日本に戻ってくると、いつも興奮を覚えていたはずじゃないか。

そのままベッドに入ろうなんて思わなかった。友だちに電話して、いっしょに酒を飲みに出かけ、豚カツなんかを食べたいと思ったはずだ。電車に乗って（山手線だ！）、どこかへ行き（渋谷かな？）、しばらく時間を過ごしたかった。なんといっても、ここは日本の東京！　エキゾチックでエキサイティングな、光輝く都市なのだ。

それからの何週間かを、ぼくは楽しみにしたものだ。どこへ行こうか、何をしようか、誰と会おうか……。外国に出かけると日本が恋しくなり、帰ってくるとうれしかった。

けれどもいつからか、ぼくはそういう日々を当たり前に感じるようになっていた。自分にとって特別な時間であることはわかっていたし、日本に住むことで人生が信じがたいほど豊かになったこともわかっていたが、もう以前のように実感することはなくなっていた。ぼくには悲しいことだった。

おまけに、ぼくは自分から冒険をしなくなっていた。夜になって出かけたい先は八

～一〇カ所くらい決まっていて、そういう所に繰り返し行くようになっていた（すてきな所ばかりだった）。旅行をしたい場所も決まっていった（こちらもすてきな所ばかりだった）。でも、ぼくは「繰り返し」をするようになっていた。仕事にも以前ほどやりがいを感じなくなった。かなりの部分が、昔の記事の「リサイクル」か「焼き直し」になった。そんなこんな……。ぼくは自分が毎日を新鮮でわくわくするものに変える努力をしていないと自覚していたし、（もっとひどいことに）もうこの状況は変わらない、こういうものなんだと思ってしまっていた。

だからぼくは、日本を懐かしいと思えるようになりたかった。

ぼくはニューヨークに三年住み、この文章を書いている時点でイギリスに帰って五年になる。そんなに時間がたったとは信じがたい。ぼくにとっては日本で暮らしていた時期がつい最近のことに思えるし、とても鮮明で、とても重要なものに感じられる。いくら時間が過ぎても、それは変わらない（そうはいっても、東京のある場所からある場所へ移動するには、どの電車に乗ればいいかを昔のようにパッと思いつかなくなったことには気づいている）。

ぼくという人間の「定義」には、日本に長いこと住んだという事実が今も色濃く残っている。友人たちはぼくに、「最近どう？」と聞くより「今度はいつ日本に行くの？」

と言ってくる。友人たちのなかには、やはり日本に住んだことのある人が非常に多い。日本で知り合った人もいるし、先にイギリスで知り合った人もいる。彼らといっしょにいてとりわけ楽しいのは共通の楽しい話題があること、つまり日本について話せることだ。ぼくたちが行った場所、ぼくたちが経験したこと、身に降りかかってきたおかしな出来事などなど……。

ぼくはイギリスに帰ってきてからも、日本にしょっちゅう行っている。友人たちには、そこで見つけた新しいものごとや、日本がいかに変わったか（あるいは変わっていないか）を、いま起きていることや、耳にはさんだことを話す。忘れていたことを思い出している自分にも気づいた。どうやら日本を離れたことで、ぼくは本当に大切で面白いことに目が届くようになったようだ。次々と押し寄せる新しくてどうでもいいことに埋もれてしまわないからだ。

きっとぼくの願いはかなったのだ。いま、ぼくは日本のことを懐かしく感じている。

1　永遠に解けないニッポンの謎

すみません、ちょっといいですか。

お忙しいところ申し訳ありませんが、そんなに時間はかかりません。ぼくはイギリスから来た記者なんですが、日本についていくつかお尋ねしたいことがありまして。記事を書くための取材といいますか……どちらかというと、ぼく自身がもう少し日本を理解したいんです。

だから、あの、ぼくは自分が日本のことをけっこう知っているとは思うんです。この国にはわりと長く住みましたし、それ以外に何度も来ています。日本語も勉強して、見るもの聞くもののすべてを吸収しようとしてきました。

それでも、まだわからないことがいくつかあるんです。で、もしかすると何か教えていただけないかと思ったものですから……。

日本はグルメの国といわれていますよね。じゃあどうして、ミルクティーを注文すると、ちっぽけなプラスチックの容器に入ったクリームが出てくるのでしょう？「ミルク」という言葉を日本語に翻訳すると、「牛乳」ではなくて、「環境にやさしくなくて、ひどい味のするベタベタした液体」ということになるのでしょうか。

レストランの入り口に、料理のサンプルが飾ってありますよね。あれは、外国人が食べたい料理を指させばすむように置かれているのでしょうか。それとも日本の人たちは、プラスチック製の食べ物を見ると食欲がわくのでしょうか。

あと、どっちが先なのでしょう。レストランのコックのほうが、サンプルの料理の量や盛りつけ方に合わせるのですか。それともサンプルのほうが、コックの注文に合わせて作られるのでしょうか。

日本は料理の見映えが美しいことでも有名です。そこで思ったのですが、もんじゃ焼きというのは、ああいう外見になるべきものなのでしょうか。仮にもんじゃ焼きの味が本当に好きな人がいたとしても、あの小さなへらを使って苦労して食べるだけの価値はあるのですか。というか、東京に「もんじゃストリート」などという場所が本当に必要なのでしょうか（もしかしたら「もんじゃストリート」というのは、もんじゃ焼きをある地域に「囲い込む」ためのものなのでしょうか）。

東京には本当にすてきな公園がいくつもあります。それに（ぼくはそういう場所がとくに好きなわけではありませんが）ショッピングを楽しめるエリアもいくつもあります。だったら、どうして池袋に行きたがる人がいるのですか。

生きていてよかったと思えるほど、すばらしく晴れた朝がやって来ます。しかも、それが週末の始まりだったりします。そのとき、パチンコ店の前には開店を待つ人たちが列までつくっているのです！　あれは何なのですか。何か悪いことでもして、ひどい罰を受けているのでしょうか。

ぼくは長いこと日本語を勉強してきました。そこで思ったのですが、一九歳と二一歳の間の年齢を「はたち」と呼ぶと誰が決めたのですか。「水」が「湯」になるのは何度からでしょう。炊飯器の中にあるときは「米」なのですか、「ご飯」なのですか。

ぼくは日本式の英語も勉強してきました。「ジンギスカン」という怖そうな名前を聞くと、世界を征服しようとした人物よりも、羊肉のバーベキューを思い出すというのは本当なのですか。「パレス（宮殿）」という言葉に「狭いアパート」という意味合いが生まれたのは、なぜですか。

焼きいも屋は、一年の半分は何をしているのですか。ええ、そのことについて書いた本があるとは聞きましたが、できれば手っ取り早く答えを知りたいと思いまして。

どうしてみんな、こんなに長生きするのですか。お酒をけっこう飲んで、たばこもけっこう吸っているのに……。

どうして女性は太らないのですか。ぼくは「ケーキ・バイキング」の店で、ＯＬの人たちを目撃してしまったのですが……。

外国人が納豆を食べられるかどうかに、どうしてみなさんはそんなに関心があるのですか。関西出身の人たちにも、納豆を食べるようすすめているのでしょうか。

「仕方がない」と、みんな言います。でも、いつもそうだとは限らないのではないですか。このあいだ、「仕方がない」という日本語は何かをあきらめるときの言い訳だとはっきりわかる出来事がありました。ぼくが「仕方がある」と言ったら、まわりの人たちにおかしなやつだという目で見られました。

なぜみんな「ちょっとそこまで」出かけるのですか。「ちょっとそこ」には、どんな面白いものがあるのですか。

どうして通りや公園がこんなにきれいなのですか。ぼくにはごみ箱のひとつも見つけられないのに。

人々が信号などおかまいなしに道を渡る国もあれば、車がまったく来なくても歩行者がじっと待っている国もあります。けれども日本の人たちは信号が青に変わるのを待っていても、ぼくが車の流れが途切れたときに道路を渡ると、いっせいにあとからついてくるのはなぜなのですか。

ちょっとあわてていらっしゃるご様子ですが、あともう少しだけいいですか。

猫のしっぽは誰が切っているのです？　なぜしっぽを切り、それをどうするのです？　コンビニで売っているサンドイッチのパンの耳の場合は？

「くまのプーさん」「ひつじのショーン」と呼ぶのに、どうして「ねずみのミッキー」とは言わないのですか。

最後の質問ですが、あなたがたはどうしてそんなに辛抱強いのですか。

2　テレホンカードの密やかな愉しみ

このあいだ東京へ行ったときに街を歩いていたら、ぼくを二〇年前にタイムスリップさせるものを見つけた。見過ごしていてもおかしくなかった。それは薄く小さなプラスチックで、道端に落ちていたのだが、ある種の勘がはたらいて手を伸ばしたのだ。プラスチックには和服を着たふたりの若い男性の写真が刷られ、ちょっと引っかき傷がついていた。彼らはどこかの山から、遠くを見つめている。ぼくはこのふたりが、若乃花と貴乃花だとすぐにわかった。当時はまだ、若花田と貴花田だったかもしれない。

けれども、ぼくを昔に引き戻したのは「若貴ブーム」時代の彼らの姿を目にしたことではなかった（そこに「若貴」が映っていたこと自体はぴったりだったが）。むしろぼくをあの時代にタイムスリップさせたのは、テレホンカードそのものだった。ずいぶん放ってあるが今も大切にしているテレホンカードのコレクションに、ぼくは一〇年ぶりくらいに新作を加えることができた。

神戸で学生だったころのぼくの記憶には、この密《ひそ》やかな趣味がついてまわる。ぼくは行く先々でテレホンカードを探した。電話ボックスがあると、テレホンカードが残っていないか必ずチェックした。そのころ日本の一部の公衆電話には、使用済みのテレホンカードを入れる小さなケースが横についていたことを、みなさんはご記憶だろうか。ケースは、ふたを滑らせると開けることができた。なので、ぼくは開けた。たいていの場合には収穫がなかったが、ときどき五～六枚見つかることがあった。

そのころぼくは、ホテルに狙いをつけていた。何かのイベントでみんなテレホンカードをもらい、それを一回きりの電話に使って（長距離だったのか?）、カードを置きっぱなしにしていくからだ。カードはほとんど手つかずで、使われたことを示すパンチ穴がひとつ開いているだけだった。

ぼくはガンバ大阪で短期間のインターンをさせてもらったのだけれど、とても親切な上役が未使用の（!）テレホンカードの束をくれた。仕事でもらったが、自分には必要ないという。「イギリスに電話するのに使ったら?」と、彼は言った。ぼくは感謝の気持ちから涙が出そうになった。国に電話できるだけでなく、とても大事な「お宝」になるからだ。いま、Jリーグ発足以前のサッカークラブのキャラクターをあしらったものを、誰が持っているだろう。子どもが描いたみたいな松下電器FCの男の子のキャラクターと、東日本JR古河サッカークラブのシマウマなのだ……。

そのころ、ぼくがテレホンカードを集められる「最高のスポット」は神戸大学だった。ぼくはそこの図書館で勉強していたことがあって、学食の近くにある電話のあたりで、学生がテレホンカードを箱に入れていくことを知っていた。しばらくあとになって、ぼくが日本語を読めるようになったころ、その箱に「チャリティー」と書いてあったことがわかった。ぼくは過去の罪をできるだけ償いたくて、神戸一帯で集めたテレホンカードのうち、何枚も持っているものや、図柄があまり面白くないものをその箱に「寄付」した。

この趣味に「おたく」的な面があったことを、ぼくはまず認めてしまいたい。うまく説明しにくいこの趣味に、ぼくは莫大な時間とエネルギーを捧げていた。きらびやかな小さなカードに向けたぼくの情熱に、共感してくれる友人は誰もいなかった。ぼく自身、時間だけはありあまっていて、お金はほとんどないという状況になかったら、この趣味にハマったとは思えない。ともかくぼくは、相当な数のテレホンカードを集めており、これは日本人が何に関心を持っていたかを分析するためのある種の科学的サンプルになると思う。もちろん、ぼくがカードを集めた場所は当時住んでいた関西に偏っているし、一九九三年ごろの時期にも強く偏っているのだが、それでもぼくのコレクションは日本と日本文化について多くの示唆をもたらしてくれるだろう。

日本人は動物そのものより「動物の子ども」が好きだということを、ぼくは学んだ。成長した動物がテレホンカードに映っていることはほとんどない。例外なのは幼く見える動物や、大人になっても小さい動物だ（リスだとか）。ときおり大人の動物が映っていても、たいていは何かかわいらしいことをしている。たとえば猫が、開いた本の上に突っ伏して眠っているとか。最初に学んだこと――日本では「カワイイ」が重要。

面白いことに、日本人はエキゾチックな動物にはそれほど興味がない。ぼくはテレホンカードに、鯨が宙を舞っているドラマチックな光景や、夕日の砂漠を横切る象の一群が描かれるものだと思っていたかもしれない。ところが、動物が描かれているテレホンカードの圧倒的多数は子猫と子犬だった。その数はほかの動物すべて（鳥たちも含めて）をはるかにしのぎ、割合でいえば一〇対一の差があった。ぼくのコレクションには、豚のカードが一枚、イルカが一枚、パンダが一枚あるが、子猫のカードは四九枚ある。子猫のほうが子犬よりもわずかに多いのだが、種という区分けで言えば最も人気のあるのは秋田犬だ。これは別に、日本人の愛国的な側面を示すものではないだろう。ぼくのコレクションにはトキ（あの奇妙に美しい「ニッポニア・ニッポン」だ）のカードは一枚しかない（コアラとチーターのカードはそれぞれ二枚ある）。

お土産用のテレホンカードからは日本の都市についても学び、どのくらいカードに登場しているかでその魅力と人気を測った。長崎は明らかにスターだった。小樽と函館はかなりの健闘を見せていた。大阪は都市の規模を考えれば存在感が薄かった。

しかし、テレホンカードだけで判断するのは危険なことがある。札幌という街は、ほとんど時計台だけで成り立っていると思い込みかねない。

テレホンカードから日本人が夜景を愛していることもわかったし、ぼくの新しい「ふるさと」である神戸が日本三大夜景のひとつに入っていることも知った。いろいろなものが「三大〇〇」としてくくられることも学んだ（庭園とか滝とか森林など）。

奇妙なことだが、京都の観光地はぼくのコレクションにそれほど入っていない。みんな銀閣寺や清水寺のテレホンカードは手放さなかったのだろうか。ぼくの手元にあるのは、あのけばけばしい金閣寺のカードと、芸者や舞子が歩いているところを撮ったおびただしい数のカードだけだ。

ぼくはテレホンカードから東京の姿を描こうとした。珍しい一部のカードを除いた

今も大切にしているテレカのコレクション。これはほんの一部

ら、東京という都市をつくっているのは、新宿の高層ビル群と永代橋《えいたい》、東京タワー、東京駅、そして銀座であるようにみえる。これらがひとつにとけ合った街は想像できなかった。そして、実際にとけ合っていない。

新しい建築物もよく使われていた。さまざまな角度から撮影された瀬戸大橋のカードは何十枚もあった。なぜか「遠く離れた」ところに見える横浜ランドマークタワーや、新宿の東京都庁のカードもたくさんあった。その後、どんなに醜くて見当違いのものでも、新しい建築物が国民的な話題になることにぼくは驚かなくなった（そう、たとえば東京スカイツリー）。

文化的な工芸品がテレホンカードに使われるのはわりと珍しかった（きれいに保存された銅鐸《どうたく》を撮ったシンプルなカードを、ぼくはとくに大切にしている）。たばこやコーヒーの広告を載せたテレホンカードはよくある。ぼくのコレクションが現実を反映しているとすれば、日本で最も人気のある物語は『伊豆の踊子』だ（四枚）。競争相手になりそうなのは、『坊っちゃん』と赤穂浪士くらい（一枚ずつ）。最も人気のあるキャラクターは「ちびまる子ちゃん」で、最も人気の有名人は森光子で、企業の宣伝用テレホンカードに最もよく出ていたのは長嶋茂雄だった。

富士山はただ大きな存在というだけでなく、日本の他の山をすべて合わせた以上の存在感がある。事実、富士山のテレホンカードへの登場回数は、ほかの「自然の名所」（湖や森、平原など）の合計に近い（「新都心・新宿」とか「横浜」などと書かれたカードに富士山が映っている場合も含めれば、さらに登場回数は増す）。

テレホンカードによって、ぼくはいくつもの魅力的な生き物に出会った。佐渡島で太鼓をたたく鬼、天狗（交通安全を訴えている）、河童《かっぱ》（オス二頭とメス一頭が富士山に近い湖のひとつで酒を飲んでいる）、マンガのタヌキ（琵琶湖のほとりでひょうたんを背負っている）。長いことぼくは、これらがすべて想像上の生き物だと思っていたから、生きているタヌキを初めて見たときには飛び上がるほど驚いた。

日本人はふつうではない出来事を記念するためにテレホンカードを作る。こうしたイベントの記念のカードを保存しているのは、ぼくくらいではないか。一九九二年の「加古川ツーデーマーチ」に参加した方々、こんにちは。みなさんは何のために「行進」したのですか。加古川からどこかへ「行進」したのですか、どこかから加古川へ「行進」したのですか、それとも加古川のまわりだけを「行進」したのでしょうか。このときの経験から、テレホンカードのほかに何を得ていらっしゃいますか。

久保さん、一九九二年一〇月一八日のホールインワン、おめでとうございます！ふつうなら一生に一度あるかないかの出来事ですね。しかし、まさかと思われるかもしれませんが、あなたがホールインワンを達成された二カ月前、軽井沢で宮本さんが1ラウンドに二度のホールインワンを成し遂げていたのです。10番と13番ホールです。ぼくは最初、久保さんがまわりに自慢したいためにテレホンカードを作ったのだと思いました。ところが友人たちに聞いたら、日本の礼儀ではこういうときはゴルフ仲間におごるものだと言われました。そこであなたは、テレホンカードを作ったのですね。なんて面倒くさい習慣なんでしょう！　あなたのおかげで、ぼくは日本社会で求められる義務の厄介《やっかい》な性質について少し学ぶことができました。

土井くんにも感謝の言葉を贈ります。あなたのテレホンカードは、まだ東京に行ったことのなかったぼくに、大隈講堂が早稲田大学のシンボルであることを教えてくれました。講堂の前に立つあなたは、とても若く見えます。支えと励ましを惜しまず与えてくれた先生やご家族ご親族のために、このカードを作ったのでしょう。何を勉強されたのですか。ぼくは写真のあなたを見て理系のご専攻なのではないかと思ったのですが、カードに書かれているあなたの「好きな言葉」は「分水嶺《ぶんすいれい》」という実に文学的なものでした。大学を出られたあと、あなたの人生はよい方向に流れていったのでしょうか。

ぼくは日本人が飛行機や自動車より鉄道が好きなことを学んだ。ぼくも同じだが、けっこう日本を旅したのに、あれだけテレホンカードに使われている蒸気機関車を目にすることはなかった。

テレホンカードは、日本について学ぶ助けになった。苦労しながらも、ぼくは初めにひらがな（ふれあい）を学び、次にカタカナ（レインボーブリッジ）を学び、それから簡単な漢字（日本丸）を学んだ。日本の県の名前も学んだ（近畿地方にはどの府県が入るかなども）。いろんなお祭りがどこで行われ、どういうものなのかも学んだ（ねぶた、天神、御柱《おんばしら》）。十二支の動物も覚えた。胡蝶蘭という花が葬儀に関係することも学んだ（どうしてぼくのコレクションには、この花の写真に「Memory」という言葉が添えられたカードが多いのだろうと不思議に思っていた）。

けれどもテレホンカードが本当にもたらしてくれたのは、自分で行動し、何かを見つけようというインスピレーションのようなものだった。それがテレホンカードを目にしてすぐに訪れたこともあったが、何年もあとにタイミングが整ってから巡ってくることも多かった。ぼくは『坊っちゃん』を実際に読み、道後《どうご》温泉にも行った。兼六園にも行った。ときおりテレホンカードを持っていたことがきっかけで、何かをしたり、どこかへ行ったりということがあった（瀬戸大橋を渡るためにヒッチハイクをしたのもテレホンカードの影響だ）。ほかには、みんなが行きたがる名所に行き、テレホンカードを集めていて頭に引っかかっていた場所を「つぶして」いた（たとえば松島湾の島への橋を渡るとか）。

ぼくのテレホンカードのコレクションは、日本で過ごした年月に知識と情報をもたらし、豊かなものにしてくれた。ぼくはトキが絶滅の危機にあることを、吉松隆《よしまつたかし》が作曲した哀切な『朱鷺によせる哀歌』を聴く前から知っていた。のちにぼくは二〇〇三年に、「最後のトキ」とされた「キン」の死亡記事をイギリスの新聞に書いた。ほかにも、日本にはホールインワンを達成するという「不運」にそなえた保険があるという記事の企画を売り込んだこともある（宮本さんがこの保険に入られていたことを祈ります）。

古いテレホンカードを見返すと、このコレクションの力が今でもわかる。これらのカードは、ぼくが日本で絶対に見たりやったりすべきことと、そうでもないことを「仕分け」してくれていたのだ。次にチャンスがあったら、ぼくは聖路加《せいろか》国際病院の礼拝堂にあるオルガンを見に行けばいい。鳥取砂丘にも行き、弘前には桜の季節に行き、高崎山の猿たちにも会いに行けばいいんだ。

3　はったり利かせて、目指せ「日本通」

ずいぶん前、ぼくにとっては非常に楽しめる文章を読んだ。日本に詳しいあるアメリカ人が占領軍とともに東京にやって来たとき、むずかしい漢字を学ぼうと励み、その技で日本人を驚かせようとした。彼が最も誇れる成果は「林檎」という漢字を書けるようになったことだ（日本人でも苦労する人が多かった）。でもここには、ちょっとしたオチがある。このアメリカ人が日本に来てまもない一九四六年に、日本語表記のルールが変わり、かなで「りんご（リンゴ）」と書くことが一般的になってしまったのだ。

ここで大切なのは、ぼくには彼がそんなことをした動機が理解できたということだ。ぼくも日本に関する本当の専門家と思ってもらえる技を、いくつか持っておきたいと思ったからだ。もちろん人は誰でもまわりにほめられたがるものだが、「日本通」

だと認めてほしいというぼくの願望はなぜだか異様なくらい強かった。日本という「神秘的」な国とその文化について深い見識を持っている人間としてみてもらえたら、とんでもなくクールなのではないかと思ったのだ。

ぼくだけではない。年月を重ねるにつれて、日本に関する知識をひけらかしたがっている欧米人がけっこういることがわかってきた。あるイングランド人は、山手線の駅名をすべて暗記し、内回りでも外回りでも正しい順にそらんじることができた（彼は新宿駅について、そこにつながるすべての路線を知っていると豪語した）。すごいけれど、ちょっとオタクっぽいなと、ぼくは思った。

ぼくへの信頼を吹き飛ばすおそれはあるが、ここでぼくの「はったり」の技をいくつか披露したい。いかにも日本のことを深く知っているように思わせたいときに繰り出す豆知識だ。

新宿駅にとりつかれたイングランド人の友人に敬意を表して、ぼくは隅田川に架かっている橋の名前を言問《こととい》橋から東京湾のほうへ順番に全部覚えた。「ぼくの意見では、いちばんきれいなのは清洲《きよす》橋だ」と、ぼくは言う。「でも夜だったら、永代《えいたい》橋のほうがライトアップされて美しいよ」。いくつかの橋についても、もう少し豆知識をつけ加えられる。勝鬨《かちどき》橋の「勝鬨」は「勝利を喜ぶ叫び」のことで、日露戦争での勝利を祝って名づけられたとか。両国橋は何度も架け替えられたから、たくさんの木版画にさまざまな形で登場しているとか。

ぼくはあまりオタクっぽく思われないように、専門的な話はしないようにしていた(「え？　あれがつり橋なのかどうか、ぼくはわからない。つり橋って、どんな形をしてるの？」)。大切なのは、知識をがんばって詰め込んだのではなく、自然に吸収したよう見せることだ。だからぼくは、ほとんどの知識は隅田川沿いを散歩したり走ったりしているときに仕入れたという感じで話すよう心がけた。

ぼくは自分の持っている情報の「深さ」を、話す相手によって調整していた。簡単に言えば、日本のことをあまり知らない外国人は感心させるのがいちばん簡単だが、そのためには細かい知識ではなく、もっと広い視点で彼らの関心を引かなくてはいけない。たとえばそういう外国人は、日本の「一一種の主要な陶器」をひとつひとつあげても、おそらく興味を示さない。それよりは、ものごとを人よりも深いレベルで見ていることを、それとなく示したほうが効果的だ。たとえば相撲について話すなら、力士が土俵でにらみ合ったり塩をまいたりしているときに、「実際には、勝負はこの段階で決まるんだ」と言うとか。

ぼくは日本人に感心してもらうためには、いいネタが必要なことを知っていたが、手はじめに賛辞を勝ち得るにはそれほど大したことを言う必要はなかった。日本では誰もが知っているようなことを外国人が知っているだけで、日本人は感心することが多い。たとえば、関西に行ったときに大阪人のことを「気取らない」と感じ、ほかの日本人よりも少しお金に関心があるように思ったと言うだけでよかった。それから、こうつけ加えたりする。「京都の人は違っていました。礼儀正しいのですが、それがつねに偽りのない気持ちというわけではないような感じがしました。本音と建て前があるというか……」

わりに当たり前のことを知っているだけで、ほめてもらえることがわかった。「日本酒はワインのように単発酵ではないので、英語で『rice wine』と呼ぶのはまちがいですね」とか、「青森は最高のリンゴを作っています」とか、「神戸牛はとてもおいしいけれど、松阪牛のほうがもう少し高級です」とか。ときにぼくは、常識とは逆のことをちょっとだけ混ぜ込み、みんなの言っていることをただ反復しているわけではないとにおわせるようにする。「いいえ、ぼくはどちらかと言えば大吟醸より吟醸酒のほうが好きです。米の個性が少しだけ強く出ていると思うので」

まわりの人の話には耳を傾ける価値がある。まねして使えるせりふをけっこう学べるからだ。茶道が好きな人は「ひとつひとつの所作に意味がある」と言ったりする。

自分がこの深遠な儀式を理解していると思わせるには、同じことをほかの人に言うだけでいい。

ぼくはどんなことでも、細かい部分にはまり込むのが苦手だ。東京二三区をすべて言えなかったし、日本の都道府県を「北から南へ」並べるときの順番も覚えられないし、相撲の決まり手の呼び方もわからない。けれども、ちょっとした区別を覚えると役に立つ。ぼくは外国人には「この国では誰も『芸者』とは言わない。正しくは『芸子』だよ」と言ったりする。日本人には、このあいだ京都に行ったときに美しい「舞子」を見たという話をして、何げなく「きっと先斗《ぽんと》町の人でしょう」とつけ加えるかもしれない。

ぼくが仕入れた知識は、やはり日本の歴史や文化に関するものが多くなった。大切なのは、それらを会話の中にさりげなく、適切なタイミングで差しはさむことだ。たとえばぼくが浅草の浅草寺《せんそうじ》に友人といたら、寺院と神社が隣り合って立っているという日本の宗教の二面性がここにはっきり見られると指摘する。「もちろん明治時代になるまでは、神道と仏教がこんなふうに共存することは一般的だった」と、ぼくは説明するかもしれない。あるいは、自分が持つ膨大な知識の蓄えから専門用語を探すようなふりをして、「確かそれを表す言葉があるんだ。えーと、神《しん》なんとかだったな、えーと、そう、『神仏習合《しんぶつしゅうごう》』だ！」と言ったりする。

神社に行ったときや祭りのときには、明治時代の初めの短い期間に日本中の人たちがある種の宗教的な熱に浮かされた話をするかもしれない。人々は大勢で集まり、「ええじゃないか」と連呼しながら踊った。お札《ふだ》が天から降ってくると信じていたらしい。「明らかにこれは、当時の政治と社会の変動に関係した出来事だね」と、ぼくはすました顔でつけ加える。

ウナギを食べるときには、関西と関東では調理の仕方が違うことを話すかもしれない。関東では背中から切るが、関西では腹から切る。外国人にその理由を説明すると、とても感動する。サムライの本拠地である東京では、ハラキリを連想させるものは何でも嫌がられた……。日本人には、こう説明するかもしれない。「もちろん、武士にはウナギを食べないという選択もあっただろうけど、体力をつけるには絶好の食べ物だし、武士はそこに引かれたんだ。とくに暑い夏にはね」

もしぼくが新宿にいて、高層ビル群や都庁を見上げている人を見つけたら、首を横に振って言うだろう、「ここが一九二〇年までは市の一部でさえなかったなんて信じられない。都庁が旧市街の外側にあるなんて！」

渋谷の交差点でも、同じように「渋谷はつい一九三〇年代まで、発展が見込まれる郊外だと言われていたんだけどね」と驚いてみせる。

月島ではこんな説明をする。「この名前がついたのは、かつて人々が月見をするためにここに来たからだ」。それから、いかにも神秘的なことを言うような口調でつけ加える。「不思議な話だけど、その話を知る前から、ぼくはここに来るたびに月が大きく見えるなと思っていたんだ」

山手線に乗っていたら田町―品川間あたりのどこかで、窓の外を見て「このへんは全部埋め立て地だ」と説明し、「古い絵や地図には電車が海岸沿いを走っていたことを示すものがたくさんあるから、見ればわかるよ」と言う。

たまたま品川で電車を降りたり、何かの理由でその近辺にいたら、ぼくはある丘を指さして、東京で最初のイギリスの「大使館」はあそこの寺に設けられたと言う。「当時はときおり、寺がそんなふうに使われることもあったんだ」。東禅寺の公使館は不満をため込んだ武士の襲撃を二度にわたって受けた。「みんな生麦事件のことは知っているけど、ぼくの考えでは、イギリス政府の正式な代表を計画的に攻撃したことのほうが、ある意味でひどい事件だね」と、ぼくは見解を述べる。

(ぼくがここで、どんな技を使っているかおわかりだろうか。生麦事件は「常識」であり、ぼくはそれ以上の知識を持っていることをにおわせているのだ)

もちろん、ぼくの知識のなかで最も使い出があるのは、東京に関するものが多い。でもぼくは日本のほかの地域についても、そこそこのネタなら繰り出すことができ

生麦より「ひどい事件」がここで起きた

た。京都の猛暑は、まわりの山々が暑さを逃がさないため。北海道は違う。たとえば竹が生えない。東北の方言はいちばんわかりにくい。青森の人が変わった言葉を話すのは、とても寒いから口をあまり開けずにすむ話し方が発達したためだとも言われている（「それは神話だけどね」と、ぼくはつけ加える）。

ぼくは日本語を驚くほど流暢《りゅうちょう》に話して、まわりから賛辞を浴びたいと思ったものだ。完璧な発音と称賛されるほど無駄のない言葉づかいで、完全な文章を話せるようになることを夢見た。しかし、ぼくの才能ではそんなことは無理だ。そこで、ぼくは手っ取り早い方法を探した。

もし早口言葉を言えたら日本人は感心するだろうと、ぼくは思った（「東京特許許可局……」「バスガス爆発……」）。でもこれをやると、なぜだか話題が英語の早口言葉のことに移りがちで、ぼくは本来の目的を果たせなかった。ときどきみんな、ほかの言語にも早口言葉があることを知って驚いていた。

いくつかの表現やフレーズを覚えれば、まわりを感心させられるかもしれないと思ったが、使えるタイミングをじっと待っているのはつらかった。その間に、ぼくは表現の意味を記憶していても、正確な言い回しを忘れたり（「ひとつのせきで、ふたつの鳥」）、まちがえて覚えたりしていた（「働かない猿は、もの食べられないはず」）。

とうとうぼくは、いくつか近道を見つけた。神戸出身の人のことを「神戸っ子」と呼ぶとぼくが知っていても、まわりはそれほど驚かない。でも、東京出身の人を「江戸っ子」と呼ぶと知っていたら、わりと感心してくれる（そこへぼくは、本物の江戸っ子というのは「家が三代にわたって東京に住んでいる人だけなんですね」とつけ加えることもできる）。でも本当にまわりが感心してくれるのは、大阪出身の人は「浪速っ子」で、北海道生まれの人を「道産子」だとぼくが知っているとわかったときのようだ（もちろん、なぜそれぞれがそう呼ばれるかも、ぼくはちゃんと知っているけれど、聞かれるまでは言わない）。

　確かにぼくが関心を持っているものの一部は、あまり知られていない。ぼくは凌《りょう》雲閣《うんかく》（「というより『浅草十二階』という呼び方のほうが知られているけど」）にとりつかれているようなところがある。ぼくは、この建物には日本で最初の電動式エレベーターがあったことを話せる。当時の本物のランドマークだったことも。関東大震災でひどい被害を受け、残った部分も危険な状態だったことから、すぐに爆破されたことも。設計したのは、バートンという名のイギリス人だったことも（「コナン・ドイルの幼なじみだ」）。バートンは日本が大好きだったが、実は建築家ではなく水道技師だったことも。「だから、この建物は給水塔に似ていたんだ」と、ぼくは言う。

ぼくは池上本門寺のお会式《えしき》に、都合がつくときは必ず行く。この行事は日本でも最も印象的なもののひとつだ。「まさかこれが祭りだなんて誤解していないだろうね。そもそも祭りは神道のもので、これは仏教のものだから。それにこの行事はお祝いではなくて、日蓮聖人の命日の法要だから」と、ぼくは外国人の友だちに言うだろう。

日本人の友だちといっしょだったら、寺に登るまでの壮麗な石段におかしな点があるという話をする。石段の下のほうは一段ごとの高さがかなりあるのに、上に近づくと低くなっていく。全部の段を低くしたほうが登りやすいだろうから、ここには意図があるはずだ。何なのか当ててごらんと、ぼくは彼らをたきつける。

それは参拝者に対し、高い所に登るほど楽になるという見返りを与えるためだけど、戦いにそなえる目的もあったかもしれないと、ぼくは説明する。戦乱の時代の寺院は、守りを固めたい。段差をしだいに狭めると、そこを一気に駆け上がろうとしている軍勢は目の錯覚を起こす。遠近法によって坂が遠くまで続いているように見え、下の段から判断すると登るのが実際よりも大変だと考えてしまう。寺を守る人たちにとって、これは小さいけれど重要な心理的利点だ。「日本では長いこと戦乱が続いたから、こうした巧みな策が数多く生まれたんだ」と、ぼくはつけ加える。

ほら、認めてよ、感動したでしょ？

4　ナマハゲに捧げる、ささやかな忠告

ある夜、といってもそんなに昔のことではないが、ぼくは居酒屋でふたりの男に声をかけられ、山に連れていくとおどかされた。

ふたりはひどく醜かった（ひとりは顔が真っ赤で、もうひとりは青かった）。着ているものは原始人のようで、言葉づかいも荒っぽく、（信じてもらえるかどうかわからないが）ひとりは大きな刃物のようなものを持っていた。いま思えば、ふたりがあれこれ尋ねてきたとき、ぼくはもっと警戒すべきだった。

まず彼らは（日本ではありがちなことだが）自分たちの話す言葉がわかるかとぼくに聞いてきた。ぼくは、わかりますと答えられてよかった（とくにそのときは、ぼくが言葉を理解できないことの多い東北地方にいたから）。

それからふたりは、ぼくらのグループに怠け者はいないかと尋ねてきた。偶然に

も、これはぼくがとても関心を持っているテーマで、大人になってからけっこう考えてきた。ぼくはこのテーマについて議論するいい機会にめぐり合ったと思った。「ある意味で、ぼくはとても怠け者です。実はちょっと誇りに思っています……」と、ぼくは話しはじめた。

その先へ進もうとすると、赤い顔の男のほうがぼくの話をさえぎり、だったら山へ連れていくと言った。

ぼくは少し考えて、この男はぼくの話をきちんと聞いてくれるタイプではないと判断した。「あの、まじめな話、ぼくたちは今、これから一生懸命に取り組もうとしている仕事の相談をしているところなんです……。約束します」と、ぼくはつけ加えた。

この言葉が、ふたりを安心させたようだった。なぜかと言えば、おかしな話だが、ふたりはぼくといっしょに写真を撮ってから、ほかの客をおどかしに行ったからだ。あとになって教えてもらったことだが、これは秋田の伝統で、ぼくが出会った「ナマハゲ兄弟」は怠けている人を山にさらっていくとおどかすため（相手はたいてい子どもだ）、ときおり登場するのだという。

世界のどんな文化にも、子どもをしつけるために生み出されたずる賢い方法がある。イギリスだったら「そんなことをしたら、サンタクロースがプレゼントをくれないよ」と言って子どもをおどかす。サンタクロースはあのひょうきんな外見に似合わず、性格的にはけっこう怖い面があり、どの子が悪さをしていて、誰にちょっとした罰を与えるべきかを、なぜか「知っている」ことになっている。ぼくは、このやり方が今どき効果的なのかどうか確信がない。最近の子どもたちは、クリスマスというのはいつだってプレゼントをやりとりするお祭りであり、悪い子に対してもとくに差別はないと気づいていると思うからだ。

ぼくにはメキシコ系アメリカ人の友人がいて、その娘は元気がいいのだけれど、ちょっと手に負えないくらいおてんばだ。彼女は親の言うことをほとんど聞かなかった（とくに三歳くらいのときには）。そんな女の子も、三人の魔女がききわけのない子をさらっていくというスペイン語の恐ろしい歌を思い出させたときだけは大人しくなった。彼女がかんしゃくを起こして床をドンドンと踏み鳴らしはじめたら、静かにさせるただひとつの言葉は「大変だ！　三人の魔女が来る……」だった。

しかし、この例でも問題とされているのは「言うことを聞かない」子どもだ。ナマハゲが探している「怠け者」の子どもとはずいぶん違う。ナマハゲは秋田に根ざした伝統だが、日本社会が勤勉であることをとくに重んじるというぼくの見方と重なる部分があると思う。

おどかすな。そして、がんばりすぎないで

今の世界で最も大きな「文化の衝突」のひとつは、勤勉であること自体に価値があると考える人たちと、そうではない人たちの対立だと、ぼくは思っている。ぼくは後者に当てはまり、日本人は(たいていの場合)確実に前者に当てはまる。

ぼくは日本で、自分の仕事を好きだという人に出会ったことがほとんどないが、人々は長時間働くことに対してある種の屈折した誇りをいだいているようだ。不満を口にするその裏側に、ぼくは人々が我慢比べのテストを受けているような感覚を持っているのを、あるいは「自分は必要とされている人間だ」という思いをいだいているのを感じてしまう。イギリスであれば、仕事が好きだという人ははるかに多いが、たいていの人が労働時間は短いほうがいいと思っている。

ぼくが日本で経験した最も強烈なカルチャーショックのいくつかは、労働時間についての話だ。ぼくは日本に住みはじめた最初の年に、勤務先の社長のアシスタント兼秘書になるという「名誉」を手にした若い男性と知り合った。しかし彼の婚約者は、ほとんど彼と会えなくなったために婚約を解消した。どうやら男性は、仕事から帰るのがいつも真夜中で、週末にも会社に行くことが多いようだった。「辞めちゃえよ」と、ぼくとイギリス人の友人たちは言った。彼が残業代をもらっておらず、同年代の同僚よりたいして給料も高くないと聞いたときには、「絶対に辞めるべきだよ!」と、ぼくたちは強く言った。

何年もあとに、国民の祝日をいちばん近い月曜日に動かして週末を三連休にするという案について国民的な議論が巻き起こった。ぼくは議論が起こること自体、信じられなかった。休みをきちんととることに反対すべき理由が、いったいどこにあるというのだろう。それでもぼくは、地方のあるサラリーマンがその案に反対だと言ったのを覚えている。「休みが二日間だといいですが、三日も休むと仕事の勘が鈍ります」と、彼は言った。

もっと驚いたのは、週末を三連休にする案を支持する理由が「まとまった休みがとれるから」ではなく、「祝日を月曜に動かせば、みんなが今よりお金を使うようになって経済が刺激されるかもしれないから」というものだったことだ。つまり三連休にする案は、人々が少しでもリラックスするために推進されたわけではなかったのだ。

日本語を勉強しているときに、「五月病」という謎めいた日本の病について書いた面白い文章を読んだ。この病気は、ゴールデンウィークの長い休みをとったあとに起こるらしい。

ぼくたちは「〜わけにいかない」という表現を、「休むわけにいかない」という文で学んだ。ひどい風邪をひいている男性が妻に向かって言ったという設定だった。ぼくたちは文の構造は理解できたが、病気の男性が仕事に行かないとまずいと思う理由はわからなかった。同僚に迷惑をかけないためだという説明だった。

（ぼくにはまったく逆の経験がある。あるとき、しつこい咳《せき》が止まらないのに仕事を休まない同僚のことがとても嫌だった。「まったく無責任じゃないか。みんなに風邪がうつったら、どうするんだ？　こっちは気が散るし。風邪のひきはじめに何日か休んでいれば、とっくに治っていたのに」）

ぼくが学生だったとき、イギリスでは「エナジードリンク」というものがそれほど知られていなかった。だから日本でエナジードリンクが宣伝されているのを見て、小さいのに高価なこのドリンクに興味がわいた。ぼくはこのドリンクを信用していなかった。エナジードリンクは基本的には強力なカフェインで、そこにいくつかのものが配合されているようだったからだ。ところが日本の人たちはギリギリの状況でこのドリンクを飲み、デスクで眠らないようにして仕事の危機を乗り切るのだという。

九〇年代半ばになると、イギリスにもエナジードリンクが上陸した。ぼくは日本とイギリスでの使われ方の違いを把握するのに、いくらか時間がかかった。イギリスで主に使うのはパーティー好きの人たちで、深夜三時のレイブで眠くならないようにするためだ。人々は働くためではなく、遊ぶためのエネルギーを求めていた（恐ろしい話だが、週末に遊びに出かけるイギリスの若者のあいだでは「カフェイン入りウオッカ」がとても人気がある）。

秋田は日本で最も貧しい地域のひとつだし、最も「田舎」ともいえる地域のひとつだ。そんな場所でナマハゲという伝統行事が生まれたことは、まったく驚く話ではない。貧しい層はたるんでばかりもいられないし、農村のコミュニティーは働かないメンバーを抱えておく余裕がない。

けれども、もしナマハゲ兄弟ともう一度会うチャンスがあったら、ぼくは彼らに時代は変わっているということを伝えたい。ナマハゲの行事はすばらしい伝統だが、今の日本は農業で成り立っている国ではない。明らかに、この地球上で最も工業化している国のひとつだ（しかも日本の「田舎」は、たいていそんなに田舎ではない）。

ぼくはナマハゲ兄弟に、ある意味で非情ともいえる合理主義を説きたくなるだろう。ぼくが言いたいのは、働く時間より生産性が大切だということ、現代社会では労働より「アイデア」の価値が大きく高まっているということだ。

ぼくはナマハゲ兄弟に、これまで聞いてきたいくつかの話をしたいと思う。たとえばウィンストン・チャーチルは昼までベッドにいる日が少なくなかったが（彼はそこで仕事をしていた）、ヒトラーは細かいところまで自分でやらないと気がすまず、自分より詳しい部下に任せられなかったため、軍需生産を混乱させた。

ここでぼくは、デール・カーネギーの本にあったセールスマンの話を思い出す。たとえ客が関心を示しているようにみえても、二回訪ねて買ってくれなかったら、三回、四回とセールスに出かける価値はないことに気づいたという話だ。すると、客を訪問する回数は減ったが、全体の売り上げは伸びたという。あるいは問題を抱えていた建設会社が、一時間に一〇分の休憩を従業員に与えることにしたら、業績が回復したという話だ。従業員が午後の早い時間にもう動けなくなっていたのは、単に疲れが増していただけだったのだ。

こういうエピソードの中にある論理を、ぼくは自分の仕事にもっと注意深く取り入れていればよかったと思う。ぼくの場合は、将来につながりそうな仕事でも、話をもらったときはとても忙しかったり、今は疲れているから勘弁してほしいというタイミングだったので逃したことのほうが、明らかに実入りも少ないし意味もないと思えた仕事をせっせとやって新しいチャンスにつながったことより多いと思う。

ぼくは日本の人たちが「今の日本が抱える問題」のなかに、若い世代の労働倫理の低下をあげていると聞いた。しかし、もし日本経済の問題点を五つあげてくださいと一〇〇人の経済学者に聞いても、「労働者の怠慢」という回答はひとつも出てこないと思う。

ぼくが学んだオックスフォード大学の歴史の先生が、スターリン時代のソ連で「スタハノフ労働者（著しく生産性の高い労働者）」が「社会主義労働者の英雄」に祭り上げられたことについてこう語った。「もっと働こうと呼びかける人たちを頼るような経済モデルは、必ずどこかに誤りがある」

この先生が言っているのは、労働者が働かなくても経済は成り立つということではなく、適切な動機づけがあれば人は一生懸命に働くということだ。ただ懸命に働けと人に言うだけの社会は、システム自体に大きな問題があることを示しているという。

ぼくは、一生懸命に働くことがどんな場合でもおかしいと言いたいわけではない。自分にとって、そこにどんなメリットがあるかを知りたいだけだ。ぼくは働きすぎて燃えつきたくはないし、わずかなお金でよけいに長く働きたくはない（いつまで一生懸命に働かなくてはならず、いつその成果を手にできるのかも知りたい）。

もちろん、長い時間働くしかない労働者がたくさんいることは、ぼくも知っている。この文章を書くことで、そういう人たちをからかおうというつもりはない。そうではなく、「長い時間働くのは文句なしにいいことだ」という風潮を、ほんのわずかでも崩したいだけだ。

秋田への旅の最後に、ぼくは木製のナマハゲの面を買った。いまイギリスの自宅の階段を上がったところに飾っている（あまりに働くことを奨励するナマハゲを、イギリスに「さらってきた」ように思えて、ほくそ笑んだりする）。寝室に入る前に彼に向かって、ちょっとした警句をささやくこともある。「明日できることを今日するな。明日になれば、その仕事はする必要がなくなっているかもしれないから」とか、「締め切りまで三日あるなら、二日待て。そうすれば働く日は、三日ではなく一日ですむ」とか。

5　外国人をからかうなら、今だ！

この一〇年間で日本に起きた最大の変化のひとつが外国人観光客の急増だという点は、まず疑いのないところだろう。かつて日本は西洋人にとって距離的に遠く、神秘的ともいえる国だったのに、だんだんとふつうの旅行先になってきている。旅行関連産業の急成長は、経済が伸び悩んでいる今の時代には明るい材料だし、二〇二〇年までに外国人観光客を年間二〇〇〇万人にまで増やすという目標も、確実に達成できそうだ。

日本の人々にとって、これが自国のすばらしい文化を世界に紹介する絶好の機会であることは、ぼくも理解している。けれども個人的には、大がかりな冗談で外国人をからかえる歴史上最後のチャンスだと思わずにいられない。今はまだ日本はそれほど深く理解されている国ではないが、あと一〇年もたたないうちに日本を実際に訪れる人は急増するだろうし、少なくとも日本についての知識は広まるだろう。世界はさらに狭くなり、互いの結びつきが強まり、今ほど楽しい場所ではなくなってしまう。

日本を訪れた外国人は、きっとどこかの公園に行きたいと思うだろう。新宿御苑《ぎょえん》か浜離宮《はまりきゅう》がいいかなと、彼は思っている。そんな彼には、その選択も悪くないけれど、あまり知られていない小さくてすてきな公園がたくさんあると教えてあげよう。たとえば東京の品川二丁目にあるような公園だ。もし彼が、この公園はひどく狭くて、ブランコがたったひとつと、外からのぞかれそうなトイレと、タクシーの運転手がたばこを吸ってひと休みしているベンチしかなく、すぐ上には騒がしくてうっとうしい高速道路が走っていると不満を言ってきたら、「まあ確かに、春のほうがもっと快適なんだけど」と言ってやろう。

まちがいなく彼は、渋谷の「スクランブル交差点」に行きたいと言うだろう。そこで彼は（仕方のないことだけれど）、大勢の人が通り過ぎていくなかに立つ自分の写真を撮ろうとするにちがいない。

そんな彼には「せっかくだから」と言って、渋谷からそれほど遠くない用賀に「日本最大のインターチェンジ」があると教えてあげよう。でも、同じような写真を撮ることは絶対にすすめてはいけない。

もし彼が東京のどこかに行く方法を尋ねてきたら、「東京臨海新交通臨海線」に乗るルートを組んであげて、「東京臨海新交通臨海線はどちらですか」という日本語の表現を教えてあげよう。

これを「東京臨海高速鉄道りんかい線」とまちがえる人が多いから注意してねと、忘れずにつけ加えよう。

もし彼が帰ってきてから、あれは「ゆりかもめ」のことじゃないかと文句を言ったら、それは「子ども向け」につけられた愛称なんだと冷たく笑ってやろう。

まわりの人にしかるべき敬意を払っているしるしとして、名前のあとには「さん」をつけなくてはいけないと教えてあげよう。ときおり日本人は同じことを、会社（「ソニーさん」）や職業（「歯医者さん」）、店（「八百屋さん」）に対してもするとつけ加えよう。

礼儀の面でまちがえるなら、ていねいすぎる方向にまちがえたほうがましだと教えよう。それから彼に、近所の「松屋さん牛丼屋さん」を探して、かわいい「ウェイトレスさん」を見つけるように言おう。

一部の名詞に「お」や「ご」をつけると、ていねいになると説明してあげよう。「お水」「お靴下」「ご新聞」……。

同じことは、歴史上重要な地名にも当てはまることがあると教えてやろう。「お京都」「お大岡山（東京）」「お奈良」……。

日本で最もすばらしい博物館のいくつかは、とても小さいことを教えてあげよう。目黒寄生虫館、両国の相撲博物館、隅田川沿いの「ボタンの博物館」……。

「日本人のように考える」ことをすすめよう。たとえば米を食べるときには、それを作った農民が行った八八の仕事に敬意を表しつつ、最後のひと粒まで食べるように言おう。「だからぼくたち日本人は、食べる前におじぎをするんだ」

同じように電気製品を使うときにも、それを作るために、いつも日の出前に起き、満員電車に乗って会社や工場に通い、製品を企画し、設計し、製造し、販売し、輸送しつづけている九九人のサラリーマンに敬意を表したほうがいいと教えてあげよう。「カメラの性能にケチをつけたくなったら、彼らの払った犠牲を思い起こせ」

『マッサン』を見るようすすめよう。とくにエリーが夫の家族を満足させられるような日本食を作ろうとする、ドラマの「本筋」ともいえる一四回分を見せよう。

もし彼が退屈だと言ったら、きみが思うより深いところでいろんなことが起きているんだと説明しよう。

それでも彼が納得いかないようなら、彼を真正面から見据えて「これを理解すれば、日本人の魂を自分のものにできる」と告げよう。

外国のことをよく知らないふりをしてみよう。ちょっと困らせるような比較をすると効果的だろう。「カンガルーがオーストラリア人の国民性を表しているのと同じように、富士山は日本人すべての心の中に生きている」とか、「日本には、鵜《う》に魚を捕まえさせる訓練をする伝統がある。きみたちイギリス人がブルドッグに家畜の誘導をさせるのに少し似ているかな」とか。

彼はどこから答えていいのか見当もつかないだろう。

最後に、あなたは自分が日本人であり、こんなまねはどれひとつできないということを忘れないようにしよう。本当にやれれば楽しいだろうけど……。

外国人も日本の文化に詳しくなってきているから

ここもすすめてみたら……

6 「半熟ニホンゴ」の話し方

ぼくのフランス語の理解は微々たるものだ。ラテン語をけっこう読めたのも、昔の話だ。ロシア語は学校で四年も勉強したのに、すっかり忘れてしまった。もしぼくにとって、母語である英語と、そこそこできる日本語の次にあたる「第三の言語」は何かと聞かれたら、たぶん一種の「ピジン・ジャパニーズ」だと答えるだろう。これは日本語を勉強しはじめて三カ月から三年たった人たちが話す言葉、あるいは何かの理由で基礎編より上に行けなかった人たちが話すものだ。

この言葉を話す人は少ないが、無視できないほどのコミュニティーになっている（最近ではラテン語を読める人より多いと思う）。お互いにはかなり理解できるのだが、話している言葉はふつうの日本語ではない。ぼくはときどき、日本に住んでいて母語が英語ではない外国人と、この言葉で会話をしている。初めてその言葉で会話をしたときのことは覚えている。埼玉の川口で、気のいい日系人がぼくにこう話してくれた。「私、の、から、来ました、は、ブラジル、です」

ときおりぼくは友人のマークとイギリスで話していて、内容をまわりに知られたくないときにこの言葉を使う。マークはきちんとした日本語の授業を受けていなかったが、東京に住んでいたとき、できるだけ日本語を学ぼうとしていた。ぼくはマークが「こんなことも知っているのか」と驚いたことがあったし、逆に「こんなことも知らないのか」とびっくりしたこともあった。大学時代の友人であるクリスとも、この言葉で話す。クリスは日本語の授業を一生懸命に受けたのだが、東京では現地駐在員の贅沢《ぜいたく》なライフスタイルを送ることができるので、実はその必要はなかった。クリスにとって自分の学んだ日本語を試せる相手は、ぼくだけだ。彼には日本人の友人が数えるほどしかいない。その人たちは英語を上手に話せるし、いずれにしてもクリスの不思議な日本語は理解できないだろう。

ぼくはこの言葉自体を面白いと思っている。ちょうど日本各地のいささか不思議な方言を学ぶのを楽しむ感覚に似ている。

いくつかの特徴はすぐにわかる。英語が母語である人たちは、ある音節をやたらと強調したり、日本人だったらやらないような感じで「私は……」という言葉から文を始めてしまう（「私は、私の友だちの家に行きます」とか）。

ここでは、ぼくがこれまで感じてきたことを読者のみなさんに伝えておきたい。この不思議な言葉を話す人に、みなさんもどこかで出会うかもしれないからだ。日本語を「少しだけ」話せる人の数は増えているだろうし、勉強する外国語に日本語を選ぶ人の割合も高くなっている。

日本語の勉強を始めてまもない人は、お気に入りの言い回しをひとつかふたつ見つけ、それればかり使いたがる傾向がある。たいていは「だいじょうぶ」「ぜんぜん」「いちばん」といった言葉だ。でも使いたがる言葉が、もっと珍しいこともある。あるアルゼンチン人の留学生の場合は、日本や日本文化で出会うもののほとんどすべての評価が自分の国と「似ている」か、その変形の表現（「少し似ている」「似ていない」）だった。

ぼくの癖になっていたのは「どちらでもいいです」という言い回しで、なぜか発音しやすい（ぼくは「どこ」も知っていたし、「なんでもいいです」もわかったけれど、「どちら」のほうが好きだった）。みんなは、ぼくがおおらかな人間だと思ってくれたにちがいない。

質問するときに、「困っています」という言葉から始めることもけっこうあった。

この言い回しは、「三カ月で話せる日本語」というような本の第二章を読んでから頭にこびりついている。きっとぼくは、王子公園駅にどう行けばいいか聞きたいだけだったのに、まわりの人たちをとてもびっくりさせたと思う。

ぼくがつかんだコツは、日本語を習いはじめたばかりの人が気に入っている言葉がわかったら、その言い回しをこちらからも使ってあげることだ。そうすると会話がうまく運ぶ（勉強を始めたばかりの人はこちらの話についていこうと必死だろうから、慣れている言葉が出てくると話が通じやすくなる）。

日本語を学ぶ人たちは、一定の期間に決まった数の単語のリストを覚えたり、必要なときには辞書で調べたりする（どこかの段階でやらないといけない作業だ）。しかし、こういうリストには言葉のいろいろなニュアンスまでは書いていないし、どんなときに使えて、どんなときに使えないかも教えてくれない。「rich flavour」は「お金持ちの味」ではない。「thick」なスープは「分厚い」わけではない。「old person」は「古い人」ではない（少なくともたいていの場合は）。

こういうまちがいをすると、聞いている側に「この人は何を言いたいのだろう」と考えてもらわないといけない。会話の流れから推測できることもあるし、話し手の母語について知っていれば理解しやすくなることもあるだろう。簡単ではないかもしれないが、どうか話し手の顔を呆然として見つめたり、(もっとひどい場合には)床を見つめて、「こいつ、どこか行ってくれないかな」という態度を取ったりしないでほしい。あれは相当にこたえる。

「ピジン・ジャパニーズ」を話す人には、別の基準があってしかるべきなのだ。ぼくは日本人が「おやじギャグ」を最もレベルの低いユーモアとみなしていることを知っている(「おやじギャグ」という言い方からも明らかだ)。しかし日本語が母語ではない人が日本語でだじゃれを言うのは、なんといっても大変なことだ。今でもちょっと悔しい気持ちとともに記憶しているのだが、公園にいたときに友人が「池にいるあの鳥はなんていうの?」と言うので、ぼくは「うーん、鴨かも」とあざやかに答えた。ぼくが受けるべきだったのは大きな拍手であり、おやじギャグだというそしりではないはずだ。

考えてみてほしい。今すぐ、英語でだじゃれを言える?

日本語を習いはじめたばかりの人は、ボキャブラリーに欠落がある。ときには信じがたいほどだ。ぼくが「洋服」という言葉を覚えたのは、日本に住んで五カ月たってからだ。それまでは「イギリスの着物」という言い方をしていたのを覚えている。当然ながら、まわりの人たちは混乱し、イギリスにも着物があるのかと聞いてきた。

というわけで、日本語をそこそこ話せる外国人が、本当に基本的なことを知らなくても、あまり驚かないでほしい。ぼくはある立派な紳士と岡山駅でそばを食べながら、たどたどしい日本語で話していたとき、「ごきょうだいは?」と聞かれて困ったことがある。妙な話だが、ぼくは「きょうだい」が京都大学のことだとは知っていたが、兄弟姉妹を意味するとは知らなかった。

こんなふうにボキャブラリーのバランスが悪い状態は、長く続くことがある。ぼくが「甘える」という言葉を学んだのは日本に来て三年たってからだ。「甘え」は日本社会を理解するのに重要な概念で、ぼくは「甘え」の場面を実生活で何度も目にしていたのだが。オーストラリア人の記者仲間から「侮辱」という言葉を習ったのは、なんと一〇年たってからだった。田中眞紀子の記者会見でその言葉が飛び出して、ぼくのその友人(日本語がとてもうまい)は「おかしな話だね。きのう覚えたばかりの言葉が、今日出てくるなんて」と言っていた。それから一週間に、ぼくはこの言葉を五回聞いた(だから、よく耳にする新しい言葉を人に教えるのは効果的だ。教えられた側が忘れる可能性はあるけれど、次の週にどこかで出てくれば永遠に頭に残る)。

これとは逆に、日本語を習っている人はある種の「隠し芸」のようなことをやっていることがある。まだそんな段階には達していないのに、教養があるように見える言葉を使うのだ。こういうことをするのは自分を賢く見せたいから。もう少し公平に言えば、まだたどたどしい日本語しか話せないために自分は愚かな人間に見えるけれど、実際にはもっと知的な人間であることを示したいからだ。そういう人は同じ音節を二度繰り返す日本語の単語をいくつも使えるようになろうとするかもしれない（「ぎりぎり」「そこそこ」「ぼちぼち」など）。もっと多いのは、ことわざをひとつかふたつ覚えたり、むずかしいボキャブラリーを少しだけ披露できるようにしたり、ごくふつうの表現をまさに適切なタイミングで使うことだったりする。オーストラリア人の有名な書き手で批評家で、日本好きでもあるクライブ・ジェイムズ（彼の日本語は「まあまあ」といったところだ）が「本当だといいのにな－」という言い回しのイントネーションを完璧にしようとしていると話していたのを覚えている（「日本語が上手ですね」と言われたら、相手にそう言うためだ）。

日本に来て最初の一年間にぼくが学んだ便利な言葉のなかには「紅一点《こういってん》」「開会式」「肝だめし」などがある。「ピジン・ジャパニーズ」を話す人が会話をなんとか避けて通り、自分を賢そうに見せる言葉を使おうとしていることがわかるだろう（少なくともぼくはやった）。

大切なのは、話し手がレベルの高い言葉をひとつかふたつ知っているだけで、日本語の上級者だと思ってはいけないということ。同じように、その人たちが「野菜」のような基本的な単語を知らないからといって、彼らがその言語をまるでわかっていないと思ってはいけない。

ここでぼくは、心の痛む話題を思い出す。日本語学習者は単語の意味を調べるのだが、おかしな答えしか見つけられないことがある。「vegetable」という英単語をぼくの辞書で引くと、日本語で「お菜」と書いてある。こんな言葉はもう誰も使っていないし（たぶん）、少なくともイギリス人が日ごろ何を食べているかを話したときには誰もわかってくれなかった。「肉ひとつと、お菜ふたつ」（日本語の初心者は数を数える言葉にも苦労する）。このときある人が、イギリス人は「女をふたり」食べるとぼくが言ったと思ったという。

イギリスの天気についてよく聞かれることがわかったので、「rainy」を日本語でなんと言うのか調べた。そうしたら「雨天《うてん》」という訳が書かれていたのだが、この言葉を会話で使っても通じなかった。イギリス人のファーストネームは聖人の名前から取られていると言いたくて、辞書でちょっと調べたら「聖《ひじり》の名前から来る」ということになっていた。「流暢に話せるようになりたい」という言い方をがんばって練習したのに、一〇〇人中九九人の日本人は「ぺらぺら」だとか、単に「上手になりたい」と

コイ、来い！

大砲は一門、二門（三門、四門）

言っている。

少しだけ同情の目を向けてほしい。日本語を習いはじめたばかりの人間は何かを一生懸命に調べて暗記することに、相当の努力をしていたかもしれないのだ。それがまったく時間の無駄だったとわかったら、がっかりしないはずはない。ぼくは「吸い殻入れ、ください」というフレーズを実際に口にする前に、二〇回くらい練習した。そのときすでに「灰」と「皿」という言葉は知っていただけに、しゃくにさわった。

レベルの高さを感じさせる言葉をいくらか知っているのと同じように、日本語を習いはじめたばかりの人が行儀の悪い言葉を驚くくらい知っていることもある。とくにセックスについての言葉だ。漱石の文学を学べばいいのに、行儀の悪い言葉を学びたくなるのは若い男性の本質だろう。加えて彼らは、その知識を披露したくなってしまう。ふつうの人が洗練された会話のなかに「朝立ち」という言葉を混ぜ込んで、気のきいたジョークを言ったときのように誇らしげににんまりするのは、品がないけれど起こりうることだ。それは、五歳の男の子が「うんち」のことをずっと話しつづける段階に似ていると思ってほしい。

ぼくは自分が作ったこの分野での「ヒット作」を覚えている。こんなジョークだ。ぼくは「足が速い」からサッカーが好きだけど、卓球もうまいんだ。「手が早い」から——。

妙な話だが、英語が母語の人でも、日本語のなかの外来語をうまく発音できない段階が長く続くことがある。「silver seat」という英語の発音は、カタカナのそれとはとても違う。今では「salaryman」という言葉はよく知られているが（英語になっている）、日本語の「サラリーマン」とは発音がかなり違う。たとえ外来語以外の日本語の単語を正しく発音できるようになっても、外来語の英語っぽい発音は体に染みついたものだから、けっこう抜けにくい。

日本語が母語ではない人たちには、文法も大きな壁になる。まちがい方はその人の母語によって違ってくるが、単語の語順と言葉の使い方がおかしいことが多い。ぼくの友人のクリスは、「ます」体（「彼は行きますと言いました」とか）が必ずしも「ていねい」ではないということをずっとのみ込めなかった。白状すると、ぼくは今でも動詞の能動態と受動態を混同する。

むずかしいのは、まちがいを見逃していいときと直すべきときの見極めだ。大切なのはコミュニケーションなのだから、いちいち会話をさえぎって「それ、まちがってますよ」と指摘するのはおかしい。それに、勉強を始めたばかりの人のまちがいをいちいち直すのは賢明ではない。ぼくは今でも、一九九五年に起きた出来事を覚えている。ぼくが「先にどうぞ」と言ったら、日本人の同僚のひとりが首をかしげて、「違うよ、『どうぞ、先に』だよ」と言ったのだ。ぼくの言ったことが理解できなかったとでも言いたげだった……。この一件で、自分はいつだって語学を学べるというぼくの自信は傷つけられた。

でも、まちがいを正すことは重要だ。そうでないと、誤りが頭に染みついてしまい、学習者はたどたどしいレベルの外国語から抜け出せない。

あるとき友人の家に遊びに行ったら、彼の奥さんが、逆さまにした巨大なプラスチックのボトルからミネラルウォーターをついでくれた。ものすごく大きかったので、ぼくはどうやって家まで運んだのか尋ねた。「届いてもらうの？」

彼女の答えは完璧だった。「うん、届けてもらう」。ぼくの質問に答えながら、日本語のまちがいを直してくれている。ぼくに気まずい思いをさせることもなく、会話をいたずらに断ち切ることもない。そのとき、なぜぼくが感謝の笑みを浮かべて彼女をまっすぐ見つめたか、彼女はわかってくれているだろうか。

7 やっぱり、日本語はおもしろい

ぼくはいつも、ほんのわずかな言葉でいかに人々の関心を集められるかを考えている。最近思いついたアイデアは、「日本語の勉強はどうです？」と今度聞かれたら、「It's hilarious.（とびきり愉快）」と言ってやろうというものだ。

いうまでもないが、勉強が「愉快」だなんてことは、ふつうほとんどありえない。日本語の勉強にも、拷問としか呼べない要素がたくさんある。

たとえば、日本語の複合語で「しょ」「しょう」「きょ」「こう」「きょう」という音だけから成る言葉は、覚えるのがものすごく大変だ（「そ」「そう」「しゅう」「じゅう」も忘れてはいけない）。

日本語を勉強しはじめて最初の一年に、ぼくはそんな言葉を一〇〇くらい覚えないといけなかったと思う。「公共」「高校」「宗教」「交渉」「消去」「住所」「高層」「競争」

などなど。

しかし日本語の勉強は、ちょっとしたコツさえつかめれば楽しい驚きに満ちたものになるという主張を、ぼくはかなりの説得力をもってできると思う。

日本人はとてもお堅い国民だというイメージは根強い。だからぼくは、日本人がたくさん酒を飲むことだけでなく、酒の飲み方を表す日本語がいくつもあることに驚いた。もちろん人は「酒」を飲むのだが、いろいろなかたちで楽しむことができる。たとえば「朝酒」(英語だと「morning sake」。たぶん休日の楽しみとして飲むのだろう)や、「迎え酒」(これも朝に飲む。英語では「hair of the dog」という)がある。「祝い酒」(英語では「celebratory drinking」)はすてきなフレーズだけれど、ぼくが個人的に好きなのは「やけ酒」だ(英語にはぴったりの表現がない)。「やけ酒」についていえば、ぼくはかなりのベテランだ。一度書き上げた記事を嫌になるほど直すよう指示されて、もうビールをいっしょに飲める友人もいないような時間まで働き、鬱屈《うっくつ》した気持ちで酒をガンガン遅くまで飲んだことがけっこうある。それでも、ぼくはその飲み方を表す日本語があるなんて、ずっと知らなかった。

こんなふうに巧みなフレーズをつくり出す日本人の技の例をもうひとつあげたいのだが、下品に思われないことを祈りたい。「寝屁」は、そのものずばりで、これしかないと言いたくなる表現だ。平気でやってしまう「屁」と無意識の「寝屁」の間には、大きな違いがある。ぼくはそれより、「寝癖」という言葉のほうをよく使う（本当に！）。ぼくの髪は一夜にして、面倒で手に負えないありさまになってしまう（でも、これには英語にも「bed head」というぴったりの表現がある）。

日本人は無意識のレベルで、かなり濃密なコミュニケーションをとっているように思える。人々は、はっきり言われなくても、その場の状況を把握するよう求められている。ときどき外国人は、実際に起きていることを正しく把握できない。もう聞きあきたような話だろうけど、欧米のビジネスマンは「前向きに検討します」という回答をもらって、仕事の契約を取ったと思うことがあるというが、この表現は「お断りします」という意味だ。

ぼくはときおり日本人もまわりの状況を把握できていないことがあると知って、ほっとしたものだ。誰かひとり、あるいは数人が、ほかのみんながやっていることを理解していない場合だ。さらに、そういう人たちは「空気読めない」の略で「ＫＹ」と呼ばれるという。なんてうまいフレーズだろう。

動物の呼び方は、外国語を勉強するときに最初に学ぶもののひとつだ。猫とか犬とか、象だとか。だがもう少し珍しい動物の名前は、学ぶべき言葉のリストのはるか下に入るのがふつうだ。日本人はそこに趣きを添えたかったのか、珍しい動物にいささか不思議な名前をつけた。

英語でいう「hedgehog」は「ハリネズミ」と呼ばれる。「針（needle）」の「ネズミ（mouse）」という呼び名はなかなか印象的だが、ハリネズミはネズミではない（ネズミと同じ齧歯《げっし》類の仲間でもない）。同じように「アライグマ」は、そのまま英語にすれば「wash bear」だ（でもクマではなく「raccoon」だ）。「アナグマ」も英語にすると「hole bear」になる（これもクマではなく、英語では「badger」だ）。

ぼくが初めてカワセミを見たのは、東京の洗足池《せんぞくいけ》だった。このときは、ふたつの理由から混乱してしまった。洗足池にはたくさんの人がカメラを持って集まっており、みんな「カワセミ」を待っているとぼくは教えてもらった。「川」の「蝉」と、ぼくは頭のなかで翻訳した。ここは川ではないが、「真水」という意味で使われているのだろうと、ぼくは考えた。それでも、ぼくが思い描いていたのは、エキゾチックで写真映えのする「昆虫」だった。ところが目の前を一瞬のうちに通りすぎていったのは、色鮮やかな「鳥」だった。

ぼくが混乱したもうひとつの原因は、それまでぼくはカワセミ（英語では「kingfisher」という）のアップの写真しか見たことがなく、たいていカワセミはくちばしに魚をくわえていた。その魚がちっぽけな雑魚《ざこ》だなんて思いもしなかった。魚はサケのように立派なもので、それをくわえている鳥はワシのような大きさなのだろうと思い込んでいた。

英語の「king」という言葉は支配や権威を連想させるが、ぼくは肉体的な存在感も示唆すると思ってしまったのだ。だから、どちらの要因がより大きな混乱のもとになったのかわからない。日本語で「セミ」と呼ばれていることか(昆虫くらいの大きさしかない鳥なのに)。それとも英語で「kingfisher」と呼ばれたことなのか(色鮮やかですばしこいが、実際にはとても小さいし、捕ることのできる魚はふつうの鵜《う》が捕る五〇分の一にも満たないのに)。

おかしな名前の動物はもうこれ以上出てこないだろうと思っていたところへ、二〇一四年にイングランドで何世紀かぶりにビーバーのコロニーが見つかった。ぼくはこの話を日本人の友人に伝えたくて、ビーバーを表す「海狸」という言葉を調べた。「ウミダヌキ」、英語で言えば「sea raccoon dog」だ。タヌキでもなく、海にすんでいるわけでもない動物なのに、これまた愉快な名前をつけたものだ!

ぼくはこういう名前のつけ方が日本特有のものなのだろうと思っていたが、「カバ(河馬)」という楽しい呼び名は英語でも基本的に同じであることを知った。英語でカバを表す「hippopotamus」は古代ギリシャ語の「馬」と「河」が由来なのだ。

カタカナの外来語の分野には、遊び心にあふれた世界が広がっている。ぼくは以前、英語を教えていた相手から「power-up dictionary」のいいものを推薦してほしいと言われたことがある。英語を母語とする人間にとって、この表現の意味はすぐにわかるけれど、非常に妙な感じがする。ぼくが好きな言葉には「イメージダウン」「チャームポイント」「ラストスパート」などがあるが、英語で使われるのは最後の言葉だけだ（しかも、それほど頻繁にというわけではない）。ぼくはこんなふうに英語からとられた面白い表現を探すようになり、何年かするうち「キャンペーン」のポスターにその手のものがけっこう多いことに気づいた。覚えているのは、トラックに貼られていた「ストップ・ザ・アイドリング」のステッカーだ（トラックは停まっていたが、ぼくが食事をしていた屋外の飲食店の隣で、エンジンは一〇分ほど動いたままだった）。「ノーモア・ポイ捨て」キャンペーンが行われたのは近所の商店街だったろうか、それともあれはぼくが頭の中で勝手につくり上げたものなのか。

こんな形の「キャンペーン」の自分版を実行するのが、ぼくはわりと好きだった。二〇〇五年には大がかりな「ベリー・ダウン（おなか引っ込めろ）・キャンペーン」があった（完全な失敗に終わった）。二〇〇三年には「ノー・ビール二月」キャンペーンがあった（史上最も長い二八日間だった）。二〇一〇年には「ストップ・ザ・ちゃんぽん週間」があり（わりと簡単に成功した）、二〇一四年には「ラン・ザ・多摩川イベント」が実施された（単に「ジョギングに行く」というだけのことだが、こう言うと不思議な力が加わった）。

ぼくには、ときどき「マイ・ブーム」もある。二〇一四年には「マイ・オランジブーム・ブーム」が来た。

オランジブームは八〇年代にイギリスで人気のあったラガービールだ（味はちょっと薄いが）。ぼくの世代では多くの人がオランジブームの人気のCMを覚えていて、なぜあのビールはいつのまにか店で見なくなったのだろうと思っている。だから日本で安い発泡酒として売られているのを見つけたときはとてもうれしくて、思わず三〇年前のCMソングを口ずさんでいた（日本での呼び名は「オランジブーン」）。

カタカナの日本語には、ぼくもわからないものもある。「オン・ザ・ロック」という言葉は、しばらくわからなかった。ぼくが蒸留酒を飲まないからでもあるが、発音が英語とまったく違うためでもある。あるとき、あわただしくて時差ぼけを治す暇もないほどの旅程で日本へ行ったとき、ずっと耳に入ってくる「アベノミクス」という言葉はいったい何のことだろうと考えた（もし「レーガノミクス」に引っかけたつももりなら、アクセントを置く部分がまったく違っている)。ぼんやりとぼくは、これは超クールなテクノの「DJアベ」がリリースした最新の「ミックス」にちがいないと思った。ケン・イシイも顔負けの人気者なのだろう……。

ぼくが日本語をとくに楽しんでいるのは、「まじめ」でいささか退屈という日本人のイメージを言葉のほうが壊したときだ。日本語を勉強することで、ぼくは日本人がほかの国民に負けないほどいたずら好きでユーモアがあることを知った。たとえばぼくは、日本人が「食い逃げ」という概念を持っているなんて思わなかったし、その行為を表現するために単語をつなげた実に簡潔な表現が日本語にあることも知らなかった(アメリカの英語にはこの行為を表すいい表現があるが、イギリス英語にはない)。同じように驚いたのは、「ガリ勉」という表現が勉強ばかりしている子への反発を含んでいることだ(日本では勉強すればつねにほめられると、ぼくは思っていた)。

あるとき日本人の友人に、少ない頭髪を横になでつけた「combover」という髪型はイングランドでは「ザ・ボビー・チャールトン」という呼び方で知られているという話をして、イングランド人がいかに独創的でユーモアのセンスにたけているか示そうとした。友人はうなずいて言った。「日本語ではバーコードと言うよ」

英語にも「出戻り」という意味の言葉が必要だと、ぼくは思う。ただしそれは「大学に行くため家を出たけれど、そのあと家賃を払えるだけの仕事が見つからず、親元に戻ってきた人たち」だったり、「しばらく親元を離れて暮らしていたが、本当なら絶対に買えないような物件を買うために、しばらく実家にいてお金を使わずに過ごそうという人たち」のことだ（こういう人たちは「ブーメラン世代」と呼ばれはじめている）。

前にあげた「ポイ捨て」という表現が秀逸なのは、「ポイ」という擬態語が、物を捨てる側のちょっとした傲慢《ごうまん》さを見事にとらえているからだと思う。

ぼくは木の名前を（植物や花の名前も）区別したり覚えたりすることが英語でも苦手だし、日本語ではなおさらだ。例外は「サルスベリ」。英語で言えば「monkey slip」の木だ。すぐに区別がつき、とても覚えやすく、実に愉快な名前だ。

でも、ぼくがこの手のフレーズに賞を贈るなら、銀メダルは「逆ギレ」だろう。とても面倒な状況が、こんなにすばらしく簡潔に表現されている。ぼくは友だちに、アメリカ人が理由もわからず怒れば怒るほど、彼らの立場がまちがっていることがはっきりするということを一生懸命に話した。友だちが教えてくれたのがこの言葉だった。

もうだいぶ前の話だけれど、北日本のどこかからヒッチハイクで旅したとき、茨城でトラックに乗せてもらった。気のいい青年と、かわいい彼女の車だった。彼らは、

たしかにスベる

三人でカラオケに行こうと提案してくれた。向かおうとしているカラオケ店は、ただで遊べるという。彼女のほうがそのドライブイン形式のカラオケ店でアルバイトをしているので、友だちの従業員が事務所から遠い棟をあてがってくれるらしいのだ。ただし、私が見つかったらまずい、と彼女は言った。ぼくはたまらずに、どうしてあなたが見つかったらまずいのかと尋ねた。「ずる休み」してるから、と彼女は悪びれる様子もなく言った。ぼくは「休み」という言葉をずっと前から知っていたし、「ずるい」という言葉は何週間か前から知っていたが、そのふたつが合体した表現は聞いたことがなかった。しかしふたつの言葉は、そのとき見事につながっていた。愉快な言葉の金メダルは、この表現に贈りたい。ぼくは日本人が「ずるく」「休む」なんて信じられなかったし、犯人が「現場に帰る」ようなことを平然とするなんて思ってもいなかった。

それから彼女が投げかけてきた問いを、ぼくはずっと忘れないだろう。「イギリス人は、ずる休みする?」

ぼくは「へそで茶をわかす」ところだった(合ってる?)。

8　ぼくのニッポン赤面体験

あるとき瀬戸大橋を渡りたくて、ヒッチハイクをしてトラックに乗せてもらったことがある。運転手は関西弁バリバリの男性で、ぼくは彼がどこへ行こうとしていて、どこでぼくを降ろそうとしているのかよく聞き取れなかった。ただ「コジマ」という言葉を繰り返し使っていることはわかった。瀬戸大橋はいくつかの小さな島の間を渡すように造られ、もともとあった土地を活用して延長を短くし、コストを抑えたことで知られている。だから「小さい島」という意味に聞こえる場所で降ろされたとき、ぼくは運転手が島のひとつまで乗せてくれたのだろうと思ってしまった。

どうも「本州っぽい」感じがしたのだが、ぼくが島の雰囲気をそれほど知っているわけでもなかった。以前にも、地図の上では小さな点にしか見えないのに、実際に行ってみたらけっこう大きい島だったという経験があった。そこからぼくは、またヒッチハイクをしようとしたのだが、自分がまだ瀬戸内海をさまよっているのか、それとも神戸につながる大きな道路に出たのかわからなかった。考えた末、近くにあった小さな会社のオフィスに行って尋ねることにした。あのあたりのどこかに、自分の居場所がわからず途方に暮れた外国人がいきなりオフィスにやって来たことを覚えている女性がいるはずだ。その外国人はこう尋ねた。「すみません、ここは本州ですか?」

◆

ぼくはめったにタクシーに乗らないが、乗った経験がある国は圧倒的に日本が多い。だから今でもタクシーを降りるとき、ただ外に出ればドアが自動的に閉まると思ってしまう。

◆

ぼくは意味を理解する前に、文をまねることを覚えた。「ご乗車ありがとうございます」というフレーズを何度も聞いたので、電車の車掌の歌うような言い方(「阪急六甲でぇございまぁす」）をまねて繰り返せるようになった。日本人の友人にこのフレーズを翻訳してくれと頼んだら、彼は「Thank you for your custom.（いつもごひいきありがとうございます）」と訳してくれた（まちがってはいない）。

一年後、ぼくは日本人観光客に人気のあるロンドンの店で働いていた。あまりうまくなかった日本語で、日本人のお客さんに精いっぱい対応した。彼らが店を出るときには、よく通る明るい声で言った。「ご乗車ありがとうございました！」

◆

大人になってからぼくが初めてキャンプをしたのは九州だった。あまりきちんと考えていなかったから、何かを読むための明かりも、調理をしたり火を起こしたりする準備もしておらず、重ね着できる服も十分に持っていなかった。ぼくが持っていたのはテントだけだった。仕方ないので夜九時には寝る支度をして、人生でいちばん寒く、いちばん退屈で眠れない夜を過ごした。寒さが骨の髄《ずい》までしみわたった気がして、ぼくは横になりながら熱い風呂に入ることを夢見ていた。

次の日、ぼくはいちばん近くで見つけた宿泊施設に泊まることになった。トレーラーハウスだ。でもそこにはシャワーしかなく、ぼくは本当に風呂に入りたかった。その日はあちこち歩いて、それなりにいい日になったのだが、まだぼくは風呂のことを考えていた。前の晩に味わった恐怖のなごりを、風呂が洗い流してくれるような気がしていた。夕方、ぼくは銭湯を見つけたが、その日はあいにく「都合により」閉まっていた。英語にすると「due to circumstances」なのだが、どの言語でもイライラする表現だ。地元の人に尋ねたところ、この町の銭湯はそこ一軒だという。めげることなく、ぼくは近くにある大きなホテルのひとつに行って、風呂を使わせてもらえないかと尋ねた。あいにくホテルの答えははっきりしていた。「日帰り」はやっていません、お風呂はご宿泊のお客さまだけのご利用になります……。ほかのホテルでも同じでしょうと、係の人はぼくに言った。

ここまでくると、ぼくの決意は揺らぎようがなかった。ちょっとずるい作戦を携えて、別の大きなホテルに行った。予想どおり、そこには赤い顔をした浴衣《ゆかた》姿のサラリーマンの一団がいた。晩ごはんか、居酒屋からの帰りだ。ぼくはできるかぎり愛想よく、彼らに話しかけた。どこに行かれていたのですか、楽しかったですか、ホテルはいかがです？　サラリーマンのグループは、日本語を話す外国人に出会ったことを喜んでくれ、いっしょに飲もうと言ってくれた。飲んだあとは、もちろん風呂だ。お金を払っている宿泊客といっしょなら、ホテルもぼくを追いだしたりしないだろう。ところが不運なことに、ぼくの新しい友人たちはホテルのスタッフに言ってしまった。

「この若いガイジンさん、ぼくらといっしょに上がってもいいでしょ？」

というわけで、ぼくはそのホテルをあとにした。

最後の手段。小さな店に行き、食べものと飲みものを買って、この近くでお風呂に入れる所はないでしょうかと、ていねいに尋ねた。小さな町だったから、ぼくは次のように考えた。

1　日本の人はいつも客を大切にしようとする。たとえ、サンドイッチをひとつ買っただけの客でも。とりわけ客がちょっと困っている様子で、とりわけ外国人なら。

2　ここは小さな町だから、きっと近くの旅館のご主人を知っていたり、親しかったりするだろう。すぐに電話して、ぼくを入れてくれと頼んでくれるかもしれない。

(わかっている、ぼくは初めからホテルを予約しておくべきだったのだ。でも町に銭湯が一軒しかないとは思わなかったし、よりによってその日は閉まっているとも思わなかった)

結果はそのどちらでもなかった。これはぼくのもくろみでもなんでもなかったことを強調しておきたいのだが、「日帰り」をやっていないホテル、閉まっていた銭湯、寒いキャンプ場の話をちょっとしたら、その店の人がこう言ってくれたのだ。「うちのお風呂をお使いになりますか?」。ぼくはこの申し出を、すがりたいほどの感謝と、かすかなためらいの気持ちとともに受けた。

その店の女主人は、店の奥にある住まいにぼくを通してくれた。タオルを渡してくれ、浴室まで案内してくれ、それからこう言った。「どうぞ、シャワーくらいなら……」

◆

ぼくは稚内からフェリーに乗り、利尻島へ渡った。最北の町に行くだけでなく、そこからさらにどこかへ行くというアイデアが気に入っていた。利尻島に着いてぼくは、自称「冒険家」という立場をより確かなものにできそうな挑戦を思い立った。自転車を借りて、この島を一周するのだ。

自転車を借りるときに、ぼくは自分がやろうとしていることを大胆にも宣言してしまった(店の女性があまり驚いていないことには気づいたが、この店で自転車を借りる人の半分は同じことをするだろうという当たり前の点は無視しようとした)。

彼女の答えは予想外のものだった。「島を一周するには五時間かかります。うちはあと四時間で閉めますから、自転車はお貸しできません」

そこで、ぼくは嘘をついた。「わかりました。海岸沿いをちょっとだけ走って帰ってきます」

きっと彼女は、自転車で島を一周する途中で食事をしたりする人がいることを考えているのだろうし、慎重になっているのだろうと、ぼくは思った。日本人は何かの所要時間を、いつも大げさに言う。運動慣れしていない人や高齢の人、あるいは不用心な人が暗くなってから国立公園の真ん中で迷わないようにするためだ。ぐずぐずしなければ四時間以内で島を一周できるだろうと、ぼくは思った。

ほとんど円形のこの島を地図で見て、ぼくはこれから走る道のりの四分の一のあたりにある目印を見つけた。ここまで一時間以内に行けなかったら、店に帰ろう。実際には四五分で行くことができ、ぼくは挑戦をあきらめなかった自分をほめてやりたいと思った。さらに自転車を走らせ、島の美しい自然にひたり、静かな道をすばらしいと思った。半分を走ったあたりで休憩をとったが、まだ一時間半ちょっと！　時間はたっぷりある。

ぼくは自転車を停めて休みをとり、写真を撮って、しばらく海を眺めた。日本にいることがとてもとても幸せに思え、この日のことを生涯忘れないだろうと思った。

再び自転車に乗ろうとしたら、脚の筋肉にかすかなけいれんが走った。自転車にはいつも乗っているが、こんなに長距離を走ったことはあまりなかった。うーん。どうしたものか。

やがてぼくは、もっと大きな計算違いに気づいた。前半の走りはほとんどがかなりの追い風を受けていたようなのだが、後半はずっと向かい風なのだ。店に戻るときの道では、あまり景色を楽しんだ記憶がない。塩を含んだ海風を顔に受けながら、疲れた脚でひたすら自転車をこぎつづけた（今もジムでエクササイズバイクをこいでいるときに、ときどき利尻島ではもっと過酷な状況だったことを思い出して自分を励ましている）。

自転車店に帰ってきたとき、ぼくの顔は青白く、脚は震えていた。所要時間は三時間五二分。少し賢くなり、少し体が引き締まっていた。

◆

ぼくは値引きの交渉をするのが好きだ。できるだけ値切る戦術をつねに用意している（うまくいかないときもあるが）。

たとえば、とても欲しい品があっても、関心があることをはっきり顔に出さない。ちょっと気になったという感じで手に取り、なにげない口ぶりで値段を聞く。悪くない値段だと思っても、まだ無関心なふりをして品を元の場所に戻す。売り手が最初に言った値段を下げる可能性はかなりあるからだ。いずれにしても、最初に言った値段より高くはならない。だから、その値段では買う気がないという態度を見せておいて損はない。

自分が交渉の達人だなどとは思わないが、多くの日本人に比べたらけっこううまいと思う。文化の違いによるものだろうが、多くの日本人（とくに都市に住む中流層）は、値切るという行為に照れくささを感じるようだ。日本の人たちが、たとえ売り手側の最初の言い値が自分の払うつもりだった金額の上限でも、その値段で買ってしまうのを、ぼくは目にしてきた。これは「値切り」の道では重罪とも言える行為だ。八〇〇〇円と言われた商品について、こわごわと二〇〇円の値引きを頼んでいる人たちを見たこともある。

だからと言うべきか、日本の売り手はぼくがほかの文化で出会った売り手ほど駆け引きがうまくない。そうなる必要がないからだ。たとえば、優れた売り手はほんのわずかな値引きの求めは断るべきだ。小幅の値引きを頼むのは、客の側に買う気があることと、値引き交渉の才能がないことを意味する。「その値段ですね」とあっさり言っても、客のほうがたいてい折れる。あまり起こることではないが、もし値引きを断ったために客が帰ろうとしたら、売り手は「仕方ないな」という感じで二〇〇円まければいいだけだ。

だからぼくは日本にいるときは、自分のことを本当に「抜け目のないやつ」だと思っている。ほかの誰にもできない値引き交渉ができるのだから。

ある日、ぼくは値引きの腕を試す絶好の機会に出くわした。家の庭にタヌキの置物が欲しいと思っていたのだが、散らかった骨董品店に三つ置かれているのを見つけた。「小」「中」「大」と三つある。ぼくは「小」で十分だった。そこでやるべきなのは「大」の値段を聞くことだ。それから「中」の値段を聞けば「大」より安いはずだし、そのあとで「小」の値段を聞けば「大」より少なくとも二〇〇〇円は安いにちがいない。ぼくはその値段より一〇〇〇円安い値段を持ちかける。

これから行われるはずのやりとりを、ぼくは頭の中に思い浮かべた。「大」は七〇〇〇円です……。ぼくはちょっと顔をしかめる。「中」は五〇〇〇円。「うーん、ちょっとまだ予算オーバーかな」と、ぼくは微妙な言葉づかいで言う。「小」なら四〇〇〇円。「三〇〇〇円になりませんか?」。商談成立。

タヌキは外がよく似合う。
買えばよかったのに

店の女性は、「大」が三〇〇〇円だと言った。よしっ、と思いながらも、ぼくは気持ちの高ぶりを悟られないようにした。これなら「中」と「小」はかなり安いはずだと思った。ところが「中」は「これも三〇〇〇円」だという。動揺を見せないようにして、ぼくは「小」の値段を尋ねた。「これは珍しいものなんです。質がいいでしょ？だから店のウインドウに飾っているんですよ。七〇〇〇円です」

ぼくは面くらい、ちょっと考えますと言って、店を出た。値切り作戦は失敗した。家に帰る電車の中で、ようやくぼくは最初から三〇〇〇円までは払うつもりだったことを思い出した。その値段で「大」か「中」のタヌキを買えたのだ。前もって、あんなに細かな値切り作戦を考えていなければ……。

◆

九州の小さな町に行ったとき、ぼくは雑貨店の主人と「たまたま」話す機会があり、その家でシャワーを使わせてもらうことになった。

彼らは、ぼくがシャワー設備のない場所でキャンプをしているのだと思ったようだが、わざわざこちらから、そうではありませんとは言わなかった。

話せば長いことながら、ぼくが泊まっていたトレーラーハウスにはシャワーがちゃんとあったのだ……。

翌日、トレーラーハウス場の親切な支配人が、駅まで送ってくれると言ってくれた。ぼくは彼のミニバスに乗った。車体の横にはトレーラーハウス場の名前が書かれている。ちょっと走ったところで信号が赤になり、バスは止まった。そこには、ぼくがシャワーを借りた店があった。止まっていたのはわずかな間だったが、とても長い時間に思えた。

ぼくは座席にできるかぎり身をかがめ、雑貨店の大きなウインドウを見ないようにした。向こうから見られるのが怖かったからだ。でもたぶん、雑貨店のご主人たちはぼくのことに気づいて、山本さんのバスに乗っているじゃないかと思い、そうしたら、なぜあの外国人は借りているトレーラーハウスのシャワーではなく、わが家のシャワーを使いたがったのだろうと思うにちがいない。

というか、その理由を、どうしたら説明できただろう?

◆

ぼくの初めての温泉訪問は、計画どおりにいかなかった。今となっては信じがたいのだが、ぼくはかなり緊張していた。日本に来て最初の年には、まだ他人といっしょに風呂に入る勇気がなかった。のちにイギリスに帰ってきてから、貴重な経験をするチャンスを逃したと思った。日本に戻ることがあったら、思いきって入ってみようと決意した。

でも、簡単な話ではなかった。ぼくは人前で裸になることに慣れていなかった。おまけに、裸のままで初めて会った人と世間話をすることにも慣れていなかった（そういうことが温泉で起こりえることは聞いていた）。それにぼくの経験から言って、日本では外国人がまわりの関心を集めやすいから、温泉に行っても本当に落ち着けるのかと疑問に思っていた。

地元の男性におすすめを聞いたら、琵琶湖に近いすてきなホテルを紹介してくれた。そればかりでなく、彼はぼくをそのホテルまで車で送ってくれ（どうせ出かける用があって、その道の途中だからという話だった）、中まで案内してくれた。なぜだかわからないが、彼はぼくよりも乗り気になっていて、ホテルのオーナーにいろいろ説明してくれた。この人はイギリスからはるばる来たんだよ！　温泉は初めてなんだって！　京都のお友だちが、このへんのお湯はいいとすすめてくれたそうだよ！

ホテルの女性オーナーはいい気分になってくれたようで、料金はいらないとまで言ってくれた（実は、ぼくをホテルに送ってくれた男性が払おうとしてくれたのだ）。そんなわけでぼくの緊張は、車で送ってくれた男性と寛大なホテルのオーナーへの心からの感謝で打ち消しになった。ここまでしてもらったなら、恩返しの意味でも楽しませてもらおうと思った。

初めのうち、ものごとはうまく運んでいた。ぼくはこういうときのマナーを学んでいたし、ようやくだけれど他人といっしょの風呂で裸になってもリラックスできるようになっていた。けれども蒸気で曇った窓を開けて琵琶湖のいい景色を見たいとぼくが決意したことが、不幸を招いた。

二階にあった浴場の窓を開けたら、外側にある網戸に触ってしまったようで、窓枠からはずれてしまった。奇跡的にぼくは、下に落ちそうになった網戸をつかまえられたのだが、やっとのことでつかんでいる危ない状態だった。ぼくは立ち上がるしかなく、ひざのあたりまでお湯につかったまま、網戸を元の位置に戻そうとした。もらっていたタオルは情けないほど小さく、ぼくの腰には回らなかったのだが、それでも片手で何度か回そうと試みた（もう片方の手は網戸をつかんでいた）。

網戸を窓にはめるには、何分かの時間、両手で作業しなくてはいけなかった。浴場は小さく、湖に面していたので、ほかのお客さんはすぐ目の前で、自分と景色の間に立っているぼくの姿を（生まれたままの姿を）見ないわけにはいかなかった。

ほかのお客さんはぼくが窓を壊したと思ったのではないか。ほかの人たちのほうが網戸の作りには詳しくて、どうしてぼくがはめ直すのにそんなに時間がかかっているのか理解できなかったのではないか。彼らはぼくのことを、ある種の露出狂だと思ったのではないか。ぼくが恥ずかしくて死にたいほどの気持ちだったことは、わかっていなかったのではないか。けれども、もし網戸を三メートル下の地面に落としてしまったら、ぼくはここまで親切にしてくれた人たちの好意を裏切ることになる……。

◆

これほど頻繁に災難にあう人間がこの世にいるなんて信じてもらえないだろうが、二度目に行った温泉は観光客に人気の山のふもとにある半露天風呂のような場所で、巨大な蜂がぼくを攻めてきた。

その温泉は湯煙がすごくて、とても混んでいた。ほかの人には、たぶん蜂が見えなかったと思う。おそらく見えたのは、蜂から逃げようとしている裸のぼくが、小さなタオルを握り締め、神経質そうな口調で何かぶつぶつ言っている光景だ（ぼくは蜂がちょっと苦手だ）。巨大な蜂はぼくがどこへ逃げても追いかけてきて、四〇秒ほどしたら、開いていた窓からようやく出て行った。ぼく以外の人たちに、蜂は何もしなかった。みんな、何ごともなかったかのように黙って体を洗っていた。

9　ゆるキャラ、侮るなかれ

人が笑ってはいけないときに限って笑ってしまいがちな原因に迫った科学的研究はないのだろうかと、ぼくは思うことがある。長いことぼくは、笑ってはいけないときに笑ったことでかなり面倒を引き起こしてきたから、誰かがその原因を（できれば解決策も）見つけてくれたらとても助かる。

最近そういう事態に陥ったのは、東京の博物館の静寂の中だった。ぼくは友だちといっしょに版画のコレクションを観賞していた。明治維新後に新しい思想や発明がどんどん入ってきたすばらしい時代の東京を描いた作品群だ。おそらくぼくは自分を賢く見せたかったのだろう、このテーマについて持っている乏しい知識を披露しようとした（「当時の男性は洋服と和服を合わせて着ていたなんて面白いな」とか「浅草の五重の塔は、以前は浅草寺の右側にあったことがわかるでしょ」とか）。

それから友だちが口にした言葉に、ぼくは恥ずかしいほど爆笑してしまった。よりたくさんの人が、変な人だという目でぼくを見たので、事態はさらに面倒なことになってしまった。ぼくは笑いを押し殺そうとしたのだが、そのせいで鼻からおかしな音が出てしまい、まわりの人たちは今度はぼくを見ないようになった。いかれたやつだと思われた確かなしるしだ。そのせいでぼくはまた笑ってしまい、落ち着きを取り戻すまでにかなりの時間がかかった。友だちが口にした言葉は「あ、ノーパン・ピーポだよ」だった。彼女が警視庁のマスコット「キャラクター」の絵を載せたポスターの話をしているとわかるまでに、〇・五秒かかった。さらに笑いが噴き出すまでに、また〇・五秒かかった。奇妙なことに、笑いに身をよじらせてから、ようやくぼくは何がそんなにおかしいと思ったのか分析することになった。

ぼくは「ピーポくん」をずっと前から知っていて、日本に住む多くの外国人と同じく彼のことを変だと思っていた。この小さくてかわいらしいキャラクターは、どう見ても警察のシンボルにはふさわしくないように思えた。「ピーポくん」はもっと強そうなキャラクターであるべきではないか。犯罪との終わりなき戦いに立ち向かうべく、厳しそうで、できれば怖いくらいの顔つきをしていてもいいのではないか。

「ピーポくん」は、日本では組織や企業、キャンペーン、地域、商品など、ほとんどあらゆるものがかわいらしいキャラクターをシンボルにする必要性があることを示す典型的な例だ。

ぼくは長いことおかしなキャラクターに注目しつづけ、本当におかしなものは写真に撮っている。ぼくはキャラクターの名前をあまり気にしていなかったのだが、好きなもののなかには、たとえば公正な選挙を呼びかけるキャラクター（羽のついた猫が怒っているところだろうって？　もちろん！）や、住宅情報サイトのシンボルになっている緑色のふわふわしたボール（緑色のふわふわしたボールもどこかに居場所が必要だから？）、あるいは仙台の「おにぎり頭」の観光ＰＲキャラクターがある。

日本文化のこうした側面をおかしいと思う外国人はぼくだけではなかったと思うが、ぼくは自分のことも少し心配していたことを認めなくてはならない。「ふん、日本はこういうこっけいなキャラクターだらけで、それがおかしいと思えるのはぼくのような外国人だけなんだ」というふうに考えている自分に気づき、これはちょっと見下した態度だと思った。

仕事のうえでも私生活でも、ぼくは日本人が変わっているわけではないとか、まったく違う考え方をする人たちではないと主張する立場に身を置いていることがよくある。ときにイギリス人はなんの遠慮もなく「日本人って変な人たちなの？」と聞いて

上・飛べよピーポ、飛べ。そして
ズボンをはきなさい
右・スーパーおにぎり
左・彼を怒らせないほうがいい

くる。そういう質問に、ぼくはいつも強く抵抗している。「外から見るとふつうではないようにみえることもあるけれど、歴史や文化の背景を考えれば納得がいく」と、ぼくは答える。あるいは「日本に初めて来たときには不思議に思えたことが、今ではまったくふつうに感じられるようになったと思う……。外から見ただけでは必ずしもわからない一貫性が内部にはあるんだ……」とか。そしてぼくは、そういう質問をすること自体が偏見の表れではないかと考えたほうがいいと、聞いてきた人にそれとなく、あるいはわりにはっきりと言う。

たとえば人々は、日本人は通勤のときに駅員の手で電車に「押し込まれる」ことを知っていて、どうして彼らはそんなことに耐えられるのかと尋ねてくる。ぼくは、なぜそうしたことが起こりえたかを説明する（きっと説明しすぎている）。日本では明治時代以降の実に急速な近代化によって、経済と政治とアカデミズムが都市部に集中したこと。日本では税制上の理由から、企業が社員の通勤交通費を支払うことが理にかなっており、そのため社員が長時間の通勤にも耐える動機を生んでいること。電車の運賃はロンドンよりかなり安いので（ただしロンドンの電車も、混雑ぶりは日本に追い着きつつある）、単純な運賃設定だったら人々は安くて混雑している電車に乗ることをそんなに気にしないこと。自分のまわりのスペースが減っても、人はそれなりに慣れていくということなど。

そんなわけで、ぼくはキャラクターのことをおかしいと思いながら、その理由を説明できずにいる自分の矛盾した立ち位置に、ずっと居心地の悪さを感じていた。

友だちが「ノーパン・ピーポ」と言ったとき、日本人もキャラクターのばかばかしさを理解していることに、ぼくは気づいたのだ。実際、キャラクターについては日本人のほうがぼくより厳しい目で見ている。ぼくは「ピーポくん」の外見がおかしくて、名前が変だと思っただけだった。でもぼくは、日本の人たちが「どうして彼はベルトを着けているのにズボンをはいていないの?」と疑問を投げかけたり、もっと気のきいた名前をつけようとしたりしていることも知っている。

やがてわかってきたのは、日本中が「ゆるキャラ」をめぐるドラマに夢中になっているということだった。なんといっても、この現象を表す「ゆるキャラ」という言葉まで生まれていた。これはぼくが日本を離れたあとに広まったのか。それとも、ぼくが気づいていなかっただけなのか。いずれにしても、ゆるキャラはもう避けて通れない。ゆるキャラの王様は、もちろん「くまモン」だ。「くまモン」はどこにでもいる。けれども挑戦者格の「ふなっしー」もいるし、ほかにもプロレスラーさながらに独自のアイデンティティーをつくり上げ、それぞれの「物語」を背負って、競争の舞台に上がろうとするキャラクターたちがいる。

　ぼくは、ゆるキャラを別の視点から見るようになった。ゆるキャラの広まりには、特異な能力がそそがれている。キャラクターを生みだし、名前をつけるために（ときにはある種の個性も与えるために）、おびただしい想像力が投入されている（もしかすると、ここに使うにはもったいないほどかもしれない）。ぼくが新しいキャラクターをつくれと言われたら、どこから手をつければいいのかわからない。もうありとあらゆることが試されているからだ。それでも、新しいキャラクターはまだ生まれてくる。ぼくは「ふなっしー」が千葉県船橋市の公認マスコットでさえないことを知って驚いた。誰が「ふなっしー」をつくったのかも、わずか数年でこれだけの認知を得たのが誰の功績なのかもわからない。

　博物館で爆笑した一件に戻ると、ぼくの非科学的な見方によれば、笑わないように我慢することが逆に笑いの原因になるというメカニズムがある。さらにぼくは「ノーパン・ピーポ」を面白いと思っただけでなく、「安心感」を得られたから笑ったのだと思う。どこにでもいるこっけいな「キャラクター」に対するぼくの見方を、日本人も「共有」していることがわかってほっとした。でも次にわかったのは、話が逆だということだ。ぼくのほうが日本人の見方を共有していただけのことだった。

10 川べりの優雅な少年たち

多摩川沿いを散歩していると、ふだんならぼくのイライラのタネになることが起こった。

ぼくはたいてい多摩川の舗道を歩くのだが、その日はちょっと考えごとをしたかったので、もっと川に近く、あまり人が歩かない道を行くことにした。だから、「落合くん」がぼくのそばを不必要に（しかも怪しい雰囲気で）歩くせいで考えに集中することができず、一瞬イラッとしてしまった。

もちろん、新宿駅の近くにある通りのように混雑している場所で、人と肩が触れたりするのは仕方がない。しかし同じことが、広々として人もそれほどいない公園のような所で起きたら、これはちょっと不思議だろう。

散歩しているとき、落合くんがぼくの歩く先にじっと立っているのを、ぼくはなん

となく気づいていた。ぼくが落合くんのほうに近づいていくと、彼も何歩かぼくのほ

うに寄ってきて、ぼくが彼を追い越したら彼はその場で止まり、今度はぼくと同じ方

向に何メートルか歩きはじめたから、これは妙だなと思った。

　落合くんはぼくの近くをわざと歩いているようだったが、彼はこちらの顔を見よう

ともしない。もしかすると彼はぼくには関心がなく、ただ一定方向に行ったり来たり

しているだけなのだろうか。こんな結論にいたりそうになったのは、さらに不思議な

ことが起きたためだ。落合くんが動きをやめ、代わりに「佐田くん」がぼくとまった

く同じ速さで歩きはじめたのだ。彼の足取りはぼくの歩くペースに気味が悪いほど合

っていたので、ほれぼれと見つめてしまったほどだ。

　もう少し説明が必要だろう。ふたりの若者は野球の外野手で、実際の試合はほとん

どがぼくの右側の少し離れたところで行われている。ぼくはふたりの今までの位置か

らして、ボールが川に入らないようにすることが彼らの役割なのだろうと考えた。ふ

たりは試合にとても集中していたから、ぼくが彼らのほうに寄ってもそれほど気にす

るということはないだろうとも思った。でもやっぱり、ふたりの動きには意図がある

ようなのだ。ぼくが近づくと、ふたりもグラウンドの内側に何歩か入っていく。ぼく

が自分たちより前に出て、試合の動きが見えなくならないよう気をつけているようだ

った。それからふたりは、ぼくを「覆い隠す」ような格好で、合わせて二〇メートルほど動いた。その間、ふたりは背中をずっとぼくのほうに向けていたので、ユニフォームに書かれていた名前を見る時間がたっぷりあった。

やがてぼくは、彼らの奇妙な動きは試合の展開のためなのかと思いはじめた。ひどく緩いゴロが外野へ抜けてきて、まず落合くんが、次に佐田くんが追いかけていたのだろうか。いや、そんなことはなかった。ピッチャーはボールを持ってマウンドに立っていたし、バッターは打つ気満々に体を揺らしていた。

ぼくはこの一件を、人生に降りかかった小さなミステリーのひとつとして片づけようと思った。そんなとき、三人目の選手（ここでは「山本くん」と呼ぼう）が謎を解くきっかけになった。あわてていたので、ぼくは彼の名前を見落としたのだが（これらが全体で二〇秒ほどの出来事だということを忘れないでほしい）、彼はそのとき何が起きていたかを理解する小さなヒントをようやく与えてくれたのだ。佐田くんが彼に近づくと、彼は佐田くんを見てうなずいた。すると佐田くんはぼくをつけ回すのをやめて、外野の本来の守備位置に素早く戻っていった。あのうなずきの意味は、明らかに「ここからは、ぼくがあの人を見るから」ということだった。実際、三人目の選手は、ぼくがグラウンドを通りすぎるまでの残り数メートルの間、ぼくの歩きにペースを合わせて移動していた。

何が起きていたかがわかって、ぼくは本当に驚いた。三人の少年は「人間の壁」をつくり、強打者が放った大きな飛球が当たるというほとんど可能性のない事態のために、ぼくを守ってくれていた。三人のうち誰もぼくをじかに見なかったし、配慮しているという素振りさえ見せなかった。しかし彼らは、公園の一画にある通り道でぼくの安全を確かなものにするため、協力して静かに仕事をしていたのだ。短い時間だが、彼らは本来とるべき守備位置を離れ、ぼくの安全を優先させた。とっさの出来事だったので、ぼくはお礼の言葉も言えなかった。

もしかすると、この行動は少年たちのコーチが教え込んだもので、やらないと罰を与えるとちらつかせたかもしれない。あるいは、散歩していた人の頭に運悪くボールが当たったことがあったため、この習慣が始まったのかもしれない。だとしても、これはすばらしい経験だった。世界の国々で一〇代の若者は、おおむね社会の脅威とみなされている。他人への配慮などまったくなく、期待されていることは何もせず、たいてい反社会的でうっとうしい連中だとされている。けれども、あの三人の高校生はしっかり他人の世話をして、世話をされたほうは彼らがやっていたことにほとんど気づかなかった。いったいどれだけの人があの道を歩き、見返りも与えられない見張り役が自分を守っていることに気づかずに過ごしているのだろう。ぼくは初めのうち彼らをうとましく感じたことを思うと、少し恥ずかしい。

落合くん、佐田くん、それから「山本くん」に、「ありがとう」と「ごめんなさい」を言いたい。あなたたちが何をしてくれたか、ぼくは気づいています。

11 二つの国のサッカー、その理想と現実

ぼくには大好きな言葉がある。イギリスのある新聞のスポーツ担当編集者が、読者に何を優先させて伝えるべきかを説明したときの言葉だ（もし聞いたことがあったら、早めにぼくを止めてほしい）。……イギリス人は二種類のスポーツに関心がある。ひとつはサッカー、次がその他。つまり、サッカーの人気はスポーツのなかで群を抜いているということだ。

この点に関して言えば、ぼくは典型的なイギリス人だ。ラグビーがテレビで放送されていたら、ぼくは見るだろう。両国に相撲を見に行くことはけっこうある。オックスフォード大学とケンブリッジ大学のボートレースは見るようにしているし、少なくとも結果は必ず押さえている。野球の試合にも何度か行った。でも、ぼくが関心を持っているスポーツはいうまでもないくらい圧倒的にサッカーだ。

だからぼくは日本に来てからも、この国のサッカーに関心を持つようになった。幸運な偶然があり、ぼくが日本に来て学生として神戸に住んでから数カ月のうちに、Ｊリーグが創設された。さらに幸運なことに（これについては多くの人に感謝しないといけないのだが）、ぼくはＪリーグが大々的に開幕する前後のガンバ大阪のオフィスにインターンとして「通う」ことを許された（「働く」などという言葉はとてもじゃないが使えない）。もちろん、当時のぼくは熱心なガンバファンだった。

数年たって、ぼくは埼玉の浦和に住み、働くようになった。サッカーの熱い伝統を持つ街だ。当然ながら、ぼくは少しずつ浦和レッズのファンになっていった。

それ以降、ぼくはある時期には清水エスパルスを追いかけた（ほんの数カ月のことだった。ぼくが新聞記者をしていたときのことで、当時エスパルスの監督だったイギリス人のスティーブ・ペリマンが日本のサッカー界では最も興味深い「物語」をつくっていた）。あるシーズンには、ＦＣ東京をサポートした（このクラブが国立競技場で試合を行った一シーズンのことで、仕事のあとだとか、ジムに行ったあと新宿で飲む前にスタジアムに立ち寄りやすかったからだ）。横浜Ｆ・マリノスのファンだったこともある（わずかな間のことで、ワールドカップの決勝が行われたスタジアムに行くことがかっこいいと思っていた）。そして、最近サポートしているのは川崎フロン

ターレだ(日本に行くと、フロンターレのホームに近いところに滞在することが多いからだ）

ぼくはそれぞれのチームのことに詳しくなった。強みも弱点もわかり、好きな選手もできて、チャント（応援コール）も覚えた……。しかし頭のどこかで、ぼくは自分がまったくまちがったことをしているような気がしていた。サッカーでは、クラブへの忠誠は変えられない。サッカーファンの一般的な定めでは、もしぼくがガンバのサポーターだったら（実際にそうだった）、関東に住むことになって年に一度か二度しか試合を見られなくなっても、ガンバのファンでいなくてはならない。もしぼくがレッズのファンだったら（実際に本気でそうだった時期がある）、フロンターレとの試合で終了間際に同点ゴールを決めて引き分けたことに心を痛めてはいけないはずだ。

イングランドでぼくは、子どものころからアーセナルのファンだ。このチームを選んだのは、その当時たまたまアイルランド人の選手が多かったからだ（ぼくはアイルランド系なので、アーセナルが「ぼくの」チームだと思ったのだ）。のちにアーセナルは、ひたすら守りを固めるチームになり、イギリス的な不屈の精神がぼくは好きだった。そのあと奇跡的にも、アーセナルはスタイリッシュな外国人選手を数多く抱えるおしゃれなチームに変身を遂げた。このクラブが優勝トロフィーに向かってスタイリッシュに突き進む姿が、ぼくは大好きだった。このところアーセナルは、ライバルチームが大金持ちのオーナーをつかまえたために苦戦をしいられている。それでもぼくは、アーセナルがクリーンなままで、こうした「財政的ドーピング」に抵抗しているのが好きだ。

言い換えれば、アーセナルは変わったが、ぼくがアーセナルに向ける忠誠は変わらず、新しい状況に合わせているということだ。

しかし、その点が日本では違うことに気づいた。ぼくは忠誠を誓うクラブを替えることができた。もしかするとその理由は、ぼくがJリーグの特定のチームより、Jリーグ全体や日本のサッカー界そのものに大きな関心を払っていることかもしれない。

日本のサッカーには尊敬すべき点がたくさんある。まずファンだ。Jリーグの試合のチケットは、いつも売り切れるわけではない。スタンドがまばらにしか埋まっていないこともある。しかしJリーグのファンは、ぼくが知るなかで最高の情熱を持っている人たちに数えられる。ぼくはときどき、試合よりもファンを見ている自分に気づくことがある。

日本のサッカーファンの「組織的」な性質については、いろんな人が書いているから、ここでわざわざ加えることはないだろう。けれども、たとえばぼくの印象に残っているのは、ボールがラインを割ってコーナーキックになったとき、観客席の前のほうに陣取る人たちが大きな旗を振りはじめ、ぼくはプレイが見えなくなるんじゃないかと思ったのだが、選手がコーナーキックの助走を始める瞬間に旗がちゃんと下がったことだ。熱心なファンが九〇分間ぶっとおしで跳びはねているのを見るのも楽しい。疲れないのだろうか。猛暑の日にはとくに心配していたのだが、誰かがときどき彼らに水しぶきをかけているのに気づいた。

スタジアムもすばらしい。あの国立競技場がなくなってしまったなんて、にわかには信じがたい。ぼくはあのスタジアムで、広い空の下、ビールを手にして、すてきな夜を何度も過ごした。美しい緑の芝生では、照明の下で二二人の選手が魔法のようなプレイをしていた。最近の屋根つきのスタジアムは便利なことが多いのかもしれない。そちらのほうが未来を指し示していると思う。でもぼくは、今もいくつか残っている古いタイプのスタジアムにノスタルジアを感じてしまう。一九九四年に行った万博記念競技場では、ゴール裏に安い立ち見席があるのが気に入った(「芝に覆われた丘」だった)。二〇年以上たった今も立ち見席が残っているところがいい。

等々力《とどろき》競技場では「自由席」にしか入ったことがない。望むなら立ち見もできるし、混んでいなければ床に座って、ちょっとしたピクニックを楽しむこともできる。

ある世代より上のイングランドのサッカーファンは、テラス席（立ち見席）がなくなったことを嘆く。九〇年代にスタンドはすべて椅子席になり、同時にチケットの値段が上がり、雰囲気が失われた。座っているときより立ったほうが人は密集できる。聖歌隊だって歌うときは立つ。座っているときより立っているほうが、人は活気づく。だからサッカー観戦は、立っているときがいちばん楽しめる。イングランドの観客を見ていると、大事な試合のときや、どんな試合でも最も興奮させられる瞬間には、必ず立っているのがわかるだろう。座席はじゃまものでしかない。

とはいえ、イングランドのファンをしげしげ観察するのは、あまりおすすめしない。考えうるかぎり、この世でいちばん醜い光景のひとつだ。顔を紅潮させて怒っている男たちが卑猥なジェスチャーをしたり、品のない言葉を叫んだりする（何を言っているのか読み取るために、読唇術を極めたりしなくていい）。敵の選手にコインだとかいろんなものを投げつけ、彼らがけがをしたらはやし立てる。チャントには下品なものがたくさんある（「hate（憎む）」という言葉が平気で使われる）。非常に攻撃的なものもあって、ここに書くのをためらうほどだ。ときにぼくは、イングランドのサッカーがあおり立てる対立のひどさに絶望さえ感じてしまう。

日本のサッカーの試合でも、ブーイングは耳にする。最近になってぼくは初めて、

跳びはねて、応援して、元気づけて、
きれいに掃除して帰っていく

銭湯は清潔の神のお寺

日本では掃除が大切。小坊主さんまで参加

植木が先か、塀が先か

上・東京スカイツリー……。2010 年以降、街の景色を壊している
下・最近“古い街”が増えている

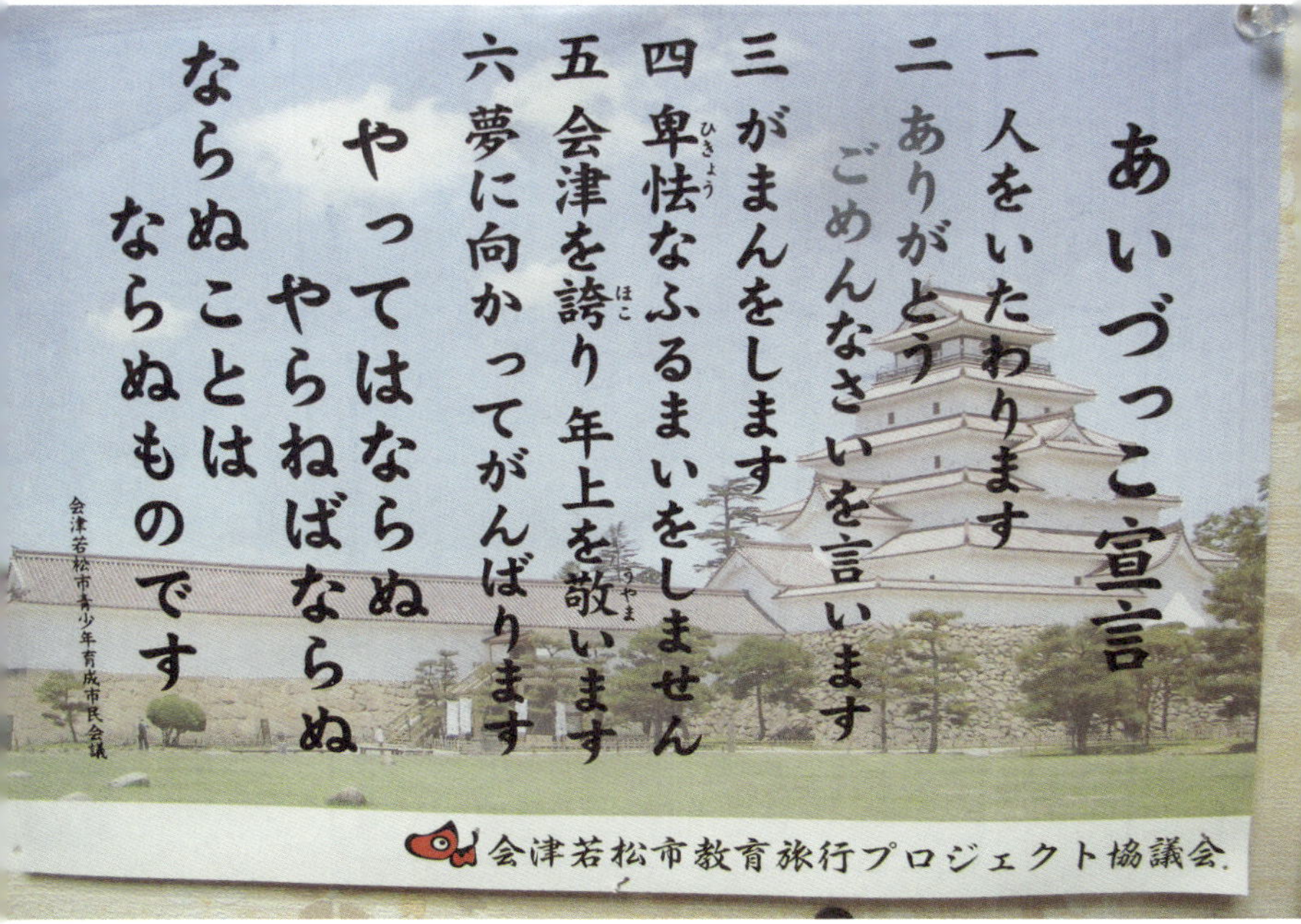

上・日本はマナーが多いです
下・とくに「あいづっこ」は大変

上・ぼくの身長は、関取並みなんだけど……
下・あー、よく登った

上・確かにそのとおりだ、ゆうり
下・寝グセ

東北の冬は寒い

ビジターのファンがホームチームのファンが陣取るエリアに入ってはいけないと言われていることに気づいた。しかし、問題のレベルが違う。ぼくは一〇歳の子どもをイングランドのサッカーの試合に連れていけるだろうか。では、その子をJリーグの試合に連れていけるだろうか。もちろん、絶対に大丈夫。

実際に多くの子どもたちがJリーグの試合に出かけている。家族みんなで楽しめる娯楽なのだ。Jリーグのクラブが次世代のファンを開拓しようとしていることは明らかだ。お祭りのような雰囲気があり、スタジアムの中やそのまわりでさまざまなイベントが行われ、子ども向けのチケットの価格は安く設定されている。子どもたちはサッカーを見ずにスタジアムを走り回っているだけのこともある。自分がどこにいるのかわかっていないような小さな赤ちゃんを目にすることもある。でも、それでまったくかまわない。子どもたちはこの雰囲気を吸収して、少しずつサッカーファンになっていくのだから。イングランドのサッカーはチケットがあまりに高くなり、ふつうの家庭がしょっちゅうスタジアムに行けるような状況ではなくなった。今日は特別だからと連れていってもらえる子がいても、チケットが高いからパパは息子にしっかり試合を見るように言うだろう（まだそんな準備ができていない年齢かもしれないのに）。

日本のチームは地元のコミュニティーに溶け込もうと懸命だ（Jリーグの創設者た

ちに拍手を送りたい。そうした努力は、まさに創設時に掲げた方針に沿ったものだ）。あるチームが自分たちだけは特別だと錯覚するのは、ギリシャ悲劇のような「ヒューブリス（傲慢の罪）」をテーマにした物語だ。本拠地のファンから応援されるのは当たり前だと考え、ホームゲームの半分は別の都市で行おうとし、全国的なチームになろうとし、「ホームタウン」ではなくスポンサーの名前をクラブにつけようとしたチームがあった（そして今、自分たちの居場所を見るがいい）。

選手も好きだ。ぼくは日本人選手を「レイジー（怠惰）」と呼びたくなったことはない。一部のイングランドの選手は、嫌になるくらい怠けている（ついでに言えば、ぼくは怠けることも人生の一部だと信じているが、サッカーのピッチの中は例外だ）。日本の選手は労働倫理が高く、尊敬の気持ちを忘れない。グラウンドに入るときにお辞儀をすることだけを言っているのではない（もちろんあれは感じのいい習慣だが）。審判にも敬意を払っているから、すぐに選手みんなで取り囲んだりしないし、判定にいちいち文句を言ったり、公平な判断をけなしたりしない。選手はファンにも敬意を払っていて、試合のあとには必ずスタジアムを一周してあいさつする。サッカーという競技そのものにも敬意を払っているから、相手に引っかけられたふりをしてPKをもらおうとしたり、勝ち越したとたんに時間稼ぎを始めたりしない。こういうことすべてがイングランドのサッカーをだめにしている。

セルティックが一九六七年に、イギリスのチームとしては初めてヨーロピアンカップ（現在のチャンピオンズリーグ）を制したとき、選手たちはみんなホームグラウンドから二〇マイル（約三二キロ）の圏内で生まれていたと聞いても、今のイギリスのサッカーファンはとても信じられないと首を横に振るだろう。そんな時代に二度と戻れないことはわかっているが、そうした理想がいかに遠いものになったかを知るのは悲しい。最近では、プレミアリーグのチームにイギリスのどこかの出身の選手が四人いれば、イギリス人の「core（核）」があるといわれる。先発メンバーにイギリス人選手がひとりかふたりしかいない（あるいはまったくいない）場合も珍しくない。二〇一一年にマンチェスター・ユナイテッドは、それぞれ出身国が違う一一人をピッチに送り込んだことがある（イングランド人、ウェールズ人、アイルランド人がひとりずつ入っていた）。二〇〇九年にアーセナルがポーツマスと対戦したときは、両チーム合わせてイングランド人がひとりもいなかった。

才能は国境とは関係ないけれど、チームが地域あるいは国と結びつきをなくしたようにみえたら、サッカーは何かを失っている。日本のサッカーは、少なくともほとんどが日本人によって成り立っている。

最近ぼくは、何人ものイギリス人の友人（みんなサッカーファンだ）から今のサッカーが嫌いだという話を聞いて驚いた。彼らはぼくがここに書いてきたような不満を言っていた。外国人選手が大半を占めるチーム。選手たちの信じられないほど高額の「賃金」。つねに今より金の入る条件や移籍をねらって動き回る代理人。金のためならどのクラブでもプレイし、忠誠心のかけらもない選手たち。プレイ中の演技や程度の低い不正行為。チケットが高額なだけでなく、クラブのグッズやスタジアムで売られているフードやドリンクの値段の高さ……。

プレミアリーグがこうした批判を受けながらも生き延びているのは、どんどん大きなビジネスになっているためだ。世界中のファンがビッグクラブの試合を見に来る。クラブは地元のファンを必要としなくなり、地元の子どもたちの忠誠心を開拓することなど考える必要もない。強力なマーケティングのおかげでサッカー人気が高まり、多くの人が試合を見るためにもっと高い金を出すようになっていく。

しかし、すでに反動のようなものも出はじめている。ぼくは最近、チェルシーのファンでもあるジャーナリストがこれからはノンリーグ（プレミアリーグとその下の三つのサッカーリーグのさらに下のリーグ）の試合を見ることに決めたという雑誌記事を読んだ。チェルシーの試合でけんかを売られたことで（それも同じチェルシーのファンに）、もう我慢できなくなったという。最後の要素を除けば、この話はぼくのいとこが最近話してくれたことにとても似ている。これまでずっとサッカーを愛してきて、シーズンチケットを買っていたこともある彼が、もうプレミアリーグを見るのはやめようと決め、今はエセックス州の小さなノンリーグのクラブで働いている。彼は金や名誉のためにその仕事をしているわけではない。この仕事についたのはサッカーを愛しているためであり、トップレベルのサッカーの現状を見ることに耐えられなくなったからだ。

ふたりとも「草の根」のサッカーについて語っていた。「ちょっと前のサッカーは、こんなふうだったじゃないか」と。選手たちは億万長者ではなかったし、クラブを愛しているようにみえたし、チケットもべらぼうに高くはなかった……。

考えてみれば、ぼくは日本のサッカーのそういう側面が好きになったのだ。ぼくは自分がサポートしているクラブへの忠誠心と地元意識を感じているし、選手には素直な愛情もいだいている。たとえば最近、ぼくのチームはある選手が守備でおかしなミスをしたせいで敗れた。ゴールが認められた瞬間、ファンはチームの名をそれまでより大きく叫びはじめた。まるで「それでも俺たちは愛している」と言わんばかりに、あるいは「今こそ俺たちの力が必要だ」とファン同士が確認しようとしているかのように。イングランドで同じミスをした選手がいたら、少なくとも嫌な感じのうなり声が聞こえ、大変な不満の声が噴き出すだろう。「おまえはべらぼうな週給をもらっているくせに、守備はうちの母ちゃん並みじゃないか！」

だが本当に奇妙なのは、ぼくはイングランドサッカーの現状に怒っているが、縁を切ることはできていないという点だ。アーセナルをサポートするという要素は、ぼくという人間のなかに埋め込まれている。それをやめてしまったら、ぼくはその穴をどう埋めればいいのかわからない。それに、プレイのレベルはまさに並はずれている。たとえばアーセナルが中盤で繰り広げるワンタッチのパスに、ただただ魅せられることがある。あるいは試合の前には負けるんじゃないかと覚悟していても、容赦ないほどすばらしく勇気のあるパフォーマンスを見せて、記憶に残る勝利をあげてくれたりする。そんなとき、ぼくは人生のすべてのストレスを忘れる。ときどきぼくは、アーセナルがアレクシス・サンチェスにいくら払っているにしても、彼の働きぶりとすばらしい才能を考えれば、安い買い物だと思ったりもする。

ぼくは日本のサッカーがそこまでのレベルに達していないからという理由で、批判しようとしているわけではない。

あるとても幸せな日、ぼくはフロンターレが4－1で勝ったのを川崎で見届け、同じ夜にアーセナルがリバプールに4－1で勝ったのを新橋のバーのテレビで見た。誰かがぼくに、一日にそんなにサッカーばかり見て疲れないのかと聞いてきた。別の人は、アーセナルのほうが断然いいチームなのに、よくフロンターレの試合なんて見られるわねと言った。

不思議なことに、どちらの疑問もぼくはいだかなかった。おそらくそれは、このふたつのチームが同じカテゴリーに入っていると思っていないからだ。朝に新聞を読んで、夜に小説を読んでいるような感じなのだと思う。ふたつはまったく違う経験であり、ぼくがふたつのチームに寄せている期待もまったく違う。

だから、最初に書いたとても好きな言葉を言い換えてみるなら、ぼくはふたつのスポーツに関心がある。ひとつはイングランドのサッカー、もうひとつは日本のサッカーだ。

12 「モンキー」は、ぼくのヒーロー

人はときどき、「ものごころがついて、最初に覚えていることは何?・」と尋ねる。残念ながら、ぼくは覚えていない。というよりも、古い記憶のなかで何がどういう順番で起きたかを正確にわかっていない。もしかすると、初めて大人にうまく嘘をついたことかもしれない(保育園に行っていたときだ)。あるいは、母親にごみ箱の中身を外の大きなごみ箱に空けてきなさいと言われて腹を立てたことかもしれない(保育園に通う前かもしれない)。ここで本題に入ろう。ぼくは日本の文化と初めて出会ったときのことなら、とても鮮明に覚えている。

金曜日はぼくにとって特別な日だった。学校が終わると一目散に走って家に帰る。チーズ入りのサンドイッチを作ってもらい、紅茶といっしょに食べる。サンドイッチ伯爵が意図したように、サンドイッチは食べることに神経を使わなくていいメニュー

だからだ。そしてぼくは、テレビの真ん前に陣取る。そのころわが家では、この時間はぼくのものだという了解があり、誰もほかのチャンネルを見たいなんて言わなかった。チャンネルはBBC2、時刻は六時、さあ、『モンキー』だ！

いまぼくは『モンキー』のことが「好きだった」と書きそうになったが、キーボードをたたきながら、過去形にするのは正しくないと気づいた。この番組は今もぼくの心の重要な位置を占めている。DVDが発売されると、すぐに全巻買った。今でもときどき見る（そんなときは甥《おい》っ子を隣に座らせ、いかにも彼に見せているようなふりをする）。この文章を書きながらも、ぼくはにんまりと笑みを浮かべてしまうのだ。

ぼくだけではない。クラスメイトもそうだったし、イギリス中の男の子が『モンキー』のことが大好きだった。この番組はぼくらをつなぐ絆だった。一話を見逃したら、遊ぶときに仲間に入れない。ぼくらは物語のシーンを再現していた。モンキーの驚くような跳躍力、彼の奇妙な金切り声、手と口笛で雲を呼び寄せる技。ぼくたちは『モンキー』をただ見ていただけではない。モンキーそのものになりたかったのだ。

この番組が日本で『西遊記』と呼ばれていることは知っているが、ぼくにとって、このドラマはやはり『モンキー』だ。モンキーは大スターで、このドラマのまさに中心だった。彼なしに、このドラマは成り立たなかった。誰も『もののけ姫』のことを

「森の中の事件」と呼びたくないだろうし、『ドラえもん』を「ある小学生の冒険」などと言いたくないだろう。

『モンキー』シリーズがここまで人気を集めた理由を、ひとつに絞るのはむずかしい。むしろ、いくつもの要因が重なったためだと思う。子どものころ、ぼくはこのドラマのアクションが大好きだったし、姿を変える未知のモンスターたちにも魅せられた。大人になって見直したら、登場人物の間のやりとりに昔よりもっと魅せられた。とりわけモンキー（悟空）とピグシー（八戒）の会話、そしてモンキーとトリピタカ（三蔵）のやりとりだ。下ネタもたくさん出てくるのだが、子どものころにはまったく気づかなかった。

この番組のオープニングは、テレビ史上で最も記憶に残るシーンに数えられる。山の中でモンキーが魔法の卵からはじけ出るのだ。音楽はシンプルでパワフルで、実によく合っている。ぼくは映画のために作られた曲を好きになることはたまにある。映画のサウンドトラックが気に入って、そのCDを買ったことも一度ならある（『存在の耐えられない軽さ』だ）。だから、テレビ番組のために作られた曲を集めたCDが、これまで最も数多く聴いたものの一枚だというのは信じがたい（ちょっと気分が晴れないときには、このCDをかける。「ガンダーラ」はぼくを必ず元気づけてくれる）。

すばらしくて、個性あふれるゴダイゴ！　彼らの音楽は目まぐるしくて暴力的な雰囲気を、一瞬のうちにメランコリックに変える。最後にクレジットが流れるときにはエキゾチックなアジアの風景が映し出され、エンディングテーマの「ホーリー&ブライト」が聞こえてきたのを覚えている。ありえないほどロマンチックに思えた。

ぼくたちが見ていたバージョンは、東洋風の大げさなアクセントがある英語に吹き替えられたものだった。ぼくがこれまで見た番組のなかで、吹き替えが効果をあげているのはこの番組くらいだろう。外国の映画を見るとき、ぼくはいつも字幕で見る。吹き替えのせりふはおかしな感じがするし、見た目も不自然だと思う。『モンキー』だけは例外だ。確かにアクセントは、ちょっとやりすぎだ。いま放送されたら、頭の固い人たちがあれは差別的だなどと批判するだろう。けれども『モンキー』は、中国の古典に忠実なかたちで、まじめに翻案されたものではない。型破りで楽しい作品であり、大げさなアクセントはそんな雰囲気を増幅させているだけだ。

せりふと役者の唇の動きは、ほぼ笑ましいほど合っていない。トム・ゲーガンは二〇〇八年、ＢＢＣのウェブサイトにこう書いた。「『Monkey Magic』というふたつの単語をいま三〇代後半の男性に聞かせたら、彼は子どもに戻ってしまい、奇声を発して大げさに唇を動かすことだろう」

ぼくは『モンキー』が吹き替えだったと書いたが、原語のままの部分がわずかだけある。トリピタカが呪文を唱えると、モンキーが頭につけているバンドが締めつけられる。すると彼は不思議な音を発する。「イテテ、イテテ、テテテテ」。知らず知らずのうちに、これはぼくが初めて口にした日本語のフレーズになっていた。意地悪なお坊さんが哀れなモンキーをこうして罰するとき、ぼくも自分の頭を手で押さえつけ、痛みに体をよじらせながら、同情を込めて「テテテテ」と口にしていた。

けれども『モンキー』は、ただ笑ったり、元気をもらったりというだけの番組ではなかった。作品には、真実や正義、友情の価値についてある種の教訓が含まれていた。子どもたちはそういうものに反応するし、ぼくも例外ではなかった。モンキーは超自然的な存在かもしれないが、彼の抱える問題は人間的だった。モンキーはまちがいを犯す。友人たちに腹を立て（もちろん理にかなっている！）、見捨ててしまったりする。しかしモンキーにはそれなりの良識があるので、やがて彼らのもとに帰っていく。ピグシー（八戒）の恐ろしいほどの欲望は、おかしくもあり、恐ろしくもあった。彼には欠点もあったが、それはぼくたちの持つ欠点を映し出したものだった。このありえない組み合わせの一団は、子どものころのぼくの心を突き動かした。

『モンキー』については、わからないことがたくさんあった（答えを探したくてもグーグルがない時代だ）。ぼくたちは次のような点について熱い議論を交わした。

この作品は日本のものか、それとも中国のものなのか？　ぼくたちは日本からは面白いものが入ってくるが、中国からはそれほどではないことを知っていた（ぼくのいとこは『ガッチャマン』の大ファンだった）。けれども誰かが、信頼できる人からこれは中国の物語であると聞いてきた。そのあと、ぼくはどこかで『モンキー』が「Nippon Television Network」が制作したものだと読んだ。「Nippon」が「日本」のことであることはわかった。

トリピタカは男性なのか女性なのか？　意見は半々に分かれた。トリピタカは女性に見えるとぼくたちは思ったが、ほかの男性のキャストがトリピタカを指して「he」「him」と言っているとも思った。ぼくはトリピタカが聖職者であることを知っていたし、イギリスでは男性しか聖職者になれなかったが、ひょっとすると仏教ではそういうことはないのかもしれないと思ったのを覚えている。クレジットが流れるとき、ぼくはトリピタカを演じる俳優の名前をじっと探したが、そのころのぼくたちには「Masako」が女性の名前なのかどうかはわからなかった。

モンキーは猿で、ピグシーは豚だが、サンディ（悟浄）は何なのだろう？　魚か何か？　どうして小さな骸骨をつなげたネックレスをつけているの？（日本に住むようになって、謎はようやく解けた。サンディは河童だった！）

いちばんすごい武器を持っているのは誰だろうと、ぼくたちは議論した。ピグシーの持っている熊手は、これはもうかっこよすぎた（庭掃除をしているはずの子どもが、お父さんの熊手を振り回して怒られたことはけっこうあった）。しかし、この番組の初回を幸運にも見た人たちは、自在に伸び縮みするモンキーの棒についての信じがたいエピソードを知ることができた。この棒は非常に重くて、モンキーのほかには誰も扱えない。でもぼくが欲しかったのは、モンキーの「雲」だ。あの柔らかそうな、ピンク色に光る魔法の雲は、いつだってモンキーを遠くに運ぶことができたし、空の上で戦わせることもできた。

ぼくは堺さんや西田さんが、中年のイギリス人に自分たちのことを書かれたり、ときには三〇年前の仕事を話題にするために彼らが自分たちをつけ回すことに戸惑っているのではないかと思う。なぜイギリス人がそんなことをしたがるのかを、堺さんたちがいくらかでも理解してくれるとうれしい。ぼくたちはこんな番組を見たことがなかったのだ。モンキーが石の卵から生まれてきたときのあのパワーで、ドラマはぼくたちの意識に突然飛び込んできた。文化の壁など軽々と乗り越えた。たとえば、ぼくたちは仏様がひとりではないなんて知らなかったし、なぜ経典を持ち帰ることが世界に秩序をもたらすのかもわからなかった。けれどいずれにせよ、この物語はぼくたちを支えつづけてくれた。

ぼくにとって『モンキー』がもたらした本物の奇跡は、日本のイメージが悪化する一方だった時期に放送されたことだ。ひどい言い方になるが、一九七〇年代後半から八〇年代にイギリス人が持っていた日本人のお決まりのイメージは、面白みのない働きバチで、会社と国のために仕事と自己犠牲だけの人生を送っているというものだった。イギリス人にとって日本人は、ユーモアがなく、自分を持たない「謎めいた」存在だった。

けれども『モンキー』は、ぼくに別の側面を教えてくれた。こんな驚くような作品をつくった国は、ぼくにとっては魅力的な場所だった。日本の人々もカリスマ性と茶目っけがあり、勇敢で強かった。少なくとも、そのとき日本を代表していたキャラクターはそうだった。

13 お願いだから、ぼくにその話を振らないで

カラオケ、寿司、アニメ、マンガ、柔道、村上春樹……。

順不同だが、これらはぼくが人に言われると相当にうろたえてしまう言葉の一部だ。話をしているうちにぼくが日本に住んでいたと知った相手が、こんなふうに言ってくることはとても多い。「ぼくも日本にとても行きたいんだ。なんといっても、○○が大好きだからね！」（「○○」には右にあげた言葉を、ひとつでも、あるいはいくつでも入れてほしい）。

こう言われると、ぼくは困ってしまう。相手は「聖地」の日本に住んでいた人間から驚くような土産話を聞きたがっている。少なくとも自分の情熱に対して、日本に住んでいた人間が（当然ながら）共感を示してくれることを確認したがっている。「あるとき寿司を食べたら、これがものすごく新鮮で、箸で突っついたらピクッと動いた

んだ！」とか「ジブリ美術館は予約が半年待ちだけど、それでも行く価値はあったね。あれはぼくの人生で最高の日さ！」というような話だ。

（外国の日本ファンと仲よくなりたい人は、できるだけ「土産話」の質を上げておくといいだろう）

しかしぼくの場合に問題なのは、もし答えを求められたなら、全体的にみて少しばかり（あるいは、少しばかりでもなく）、右にあげたものがすべて嫌いであることだ。

これはぼくの個人的な見方にすぎない。誰かが賛同してくれるとは思わないが、もしその理由を説明するとしたら、次のようなことになる。これまた順不同。

柔道、剣道、空手……。武道はどんなものでも、はっきりとプラスの面がある。体にいいことはまちがいないし、趣味としてのめり込むのもわかるし、実際に使う場面もあるかもしれない。ぼくが苦手なのは、武道をやっている人たち（とくに始めたばかりの人たち）が、どこか宗教にも似た重みを感じはじめることだ。武道の信奉者から聞いた言葉は、たとえばこんな感じだ。

「トレーニングによって『気』が完璧に整ったおかげで、新宿駅を歩いていると人混みが溶けていくようになりました」

（ぼくの翻訳――「暴力を振るう練習を二時間やったら、けんか腰の歩き方をするようになって、まわりの人が逃げていくようになりました」）

「私の先生は体の中での重心の置き方を変えられるので、壁に肩をつけ、一本の脚もつけて、もう一本の脚を上げても倒れずにいられます」

（それは物理の法則が変わらないと無理だ）

「柔道を始めてから、私はイギリス人がみんなまちがった歩き方をしていることに気づきました」

（正しい歩き方は、道場に入る人だけが教えてもらえるのだろう）

「人けのない場所にある寺で一週間の集中訓練を受けました。日の出とともに起床し、朝食を食べ、練習に入り……」（聞いている人が誰も関心を示していなくても、この話はあと二五分続く）。


わかってもらえるかと思うのだが、ぼくは武道そのものが嫌いなわけではない。武道が自分の人生を変えたことについて話したがる人たちが嫌いなのだ。

ぼくは寿司も嫌いなわけではない。どちらかといえば、寿司を食べることは楽しんでいる。でも「食」を語るということ自体に、ぼくはいらついてしまうときがあるのだ。この件についていえば、ぼくは現代社会から大きく逸脱しているようだ。けれどもぼくは食事が旅のハイライトだとは思わないし、料理人について「天才」「魔術師」

「アーティスト」といった言葉も使わないし、ある国とその文化を「食というプリズムを通して」見つめたなどというテレビ番組や本は見たり読んだりしたくない。

もちろんぼくにも、すばらしい「食」を経験した記憶はあるが、ぼくにとってそれは場についての記憶だ。いっしょにいた友人、ぼくらが交わしたジョーク、ぼくらが成し遂げようとしていた特別なことなど。食事はその場で一定の役割を果たしていたが（ビールのほうが果たした役割は大きい）、決して中心ではなかった。

食事のあとにいちばん言いたいのは「おいしかった」のひとことだ。魚のフリカッセがどれだけまろやかだったかとか、アルデンテにゆで上げられたペンネにのったバジルがどんなに美しかったかをこと細かに再現しようとする人がいたら、ぼくはうんざりしてしまう。

もちろん料理にはある種の芸術性があるし、この仕事をうまくやれる人をぼくは尊敬する。でも、料理は本物の芸術ではないだろう。自分が楽しんで食べたものを作った人だからという理由で料理人を崇拝するのは奇妙な話だ。

ぼくにとってもっと奇妙なのは、食について詳しかったり、有名なレストランに行ったことのある人が称賛されることだ。人々は「グルメ」であることを自慢するが、ぼくにはあくまで受け身でしかない行為を自慢しているように思えてしまう。彼らは文字どおり消費者でしかない。

食事は誰もがするものだし、ぼくたちの大半は一日に三回する。誰だっておいしくないものよりは、おいしいものが好きだ。ぼくたちの大半はその違いを知っている。ということで、次の話題に行っていいだろうか。

ぼくはアニメのＤＶＤを一五セットほど持っている。どれも最高の作品だと太鼓判を押された。値段もちょっと高かった。これまでの経験では、アニメのＤＶＤはふつうの映画の二〜四倍する。でも、ぼくは仕方のない出費だと思った。アニメは日本を代表するものだから、チェックしておくことは自分の役目だと考えた。

たいていのアニメは「奇妙」で「粗悪」だと言っていいだろう。せりふは力がなく、型にはまっているように思える。「すばらしい映像」があるから、物語は重要ではないということなのか。ストーリーは理解に苦しむものが多い。舞台はきちんと説明されない想像上の世界で、未来のことも過去のこともある。これは「私たちの世界ではない」から、見る側はこの舞台設定を受け入れることになっている。アニメを特別なものにしているのは、この点だ。実際、アニメは半分が想像上のものでしかないことの「言い訳」にみえることが多い。そんな設定は小説や、あるいはふつうの映画でもできるものではない。

「変身」ということが大きな意味を持っているようだ。ぼくがアニメ映画と聞いて思い浮かべるのは、どこかばかばかしくて、長ったらしく、物語の筋には関係のない変身のシーンだ（そう、ぼくは『ＡＫＩＲＡ』のことを言っているが、この作品だけの話ではない）。これはただ、「ぼくらにできるから」作られただけのように思えてしまう。アニメというジャンルがそういうことをすべきだと求め、物語はそれにこたえて作られる。

ぼくは最近『ハウルの動く城』を見たが、これが三度目だった（最初の二回は一週間のうちに見た。このアニメの原作を書いたダイアナ・ウィン・ジョーンズにインタビューすることになっていたからだ）。そのとき、こんなことを思った。ダイアナ・ウィン・ジョーンズは子ども向けの本を書いた。彼女は子ども向けの優れた本を書いた。ぼくは彼女を尊敬する（オックスフォード大学でぼくと同じカレッジの出身だし）。でも結局、彼女が書いたのは子ども向けの本だ。子ども向けだ。彼女の作品のひとつをアニメにしても、大人向けの娯楽作にはならない。

アニメ産業が生み出すものほぼすべてに同じことが言える。

もちろん、大人向けのアニメもたくさんある（その一部はポルノだったりする）。しかし、それはジャンルとしては「大人」になっていない。

けれども、ぼくがアニメについて本当にいらつくのは、アニメがああいうものである必要がないということだ。ミュージカルについてイギリスでよく聞く言葉に、こんなものがある。「私はミュージカルは嫌いだが、『キャバレー』は好きだ」。ジャンル全体のなかで唯一、芸術作品だとみられているということだ。この言葉には、ぼくも同意せざるをえない。

ぼくは同じことを、アニメというジャンルでの『火垂《ほた》るの墓』に感じる。信じがたいほどリアルで説得力があり、強烈に心を打たれるアニメの傑作だ。ぼくが見たアニメのなかで、この作品は群を抜いている。泥のモンスターや、ドラゴンでも男の子でもある存在が、いっそうばかばかしく子どもじみたものにみえる。

マンガとアニメは、ぼくにしてみれば、同じ文化に位置するふたつのジャンルだ。だから、このふたつについてのぼくの印象は、けっこう重なっている。どちらも大変な数の作品がある。実際ぼくは、物語が語られつづけていることに畏敬の念をいだいている。統計的に考えれば、偉大な作品が生まれない確率は信じがたいほど低い。でも実際には、ほとんど出てこない。たいていは短命だし、なんといっても子ども向けだ。

学生のころ、ぼくは『少年ジャンプ』をごみ箱から拾ってきて、『こち亀』を苦労しながら読んだ。『少年ジャンプ』でなくてはいけなかった。そのころマンガ雑誌のなかで漢字にふりがなをつけていたのはこの本だけだったから、日本語があまり読めなかったぼくにはとても助かった。ときどき好きな回もあった。ちょっと気に入っていたのは、舞台が一九五〇年代の下町で、主人公が毎日オリオンズのファンだった子どものころを思い出す話だ。でもぼくがその話を覚えているのは、日本人は家を出るときに「行ってきます」と言うことを学んだためであり（なぜか、ぼくたちの日本語の先生はこのフレーズを教えていなかった）、「石頭」という表現も学んだのだが、頑固というより「頭がよくない」という意味だと誤解したことが大きい。しかし、マンガもやはり芸術ではない。『こち亀』を全巻読むなら（これまで一九七巻が出ているという）、『戦争と平和』を読んだほうが勉強になる。

それに（トルストイについてこんなことを人はめったに言わないが）『戦争と平和』を読むほうが時間はかからない。

このところ、村上春樹がノーベル文学賞を受賞するかどうかをじっと待つのが年中行事のようになった。ぼくは日本でこれを数回経験し、外国人の村上ファンがカフェに集まって受賞の知らせを（あるいは知らせが来ないという結果を）待っているというニュースも見た。村上は世界的な現象だ。彼は、ぼくがイギリスとアメリカの電車の中でその作品を読んでいる人を目撃した唯一の日本人作家だ（文字どおりそうなのだ。漱石や大江や谷崎を読んでいる人は一度も見たことがないが、村上を読んでいる人を見かけたことは一〇回はある）。

けれども、ぼくは村上がわからない。友だちが以前、日本社会を理解する手助けになると言って『ノルウェイの森』をくれた。うんざりするほどセンチメンタルな小説だと思った。しかし、この作品はまだ物語として形を成している。ほかの作品は、謎の羊や失われた猫や、話のできるカエルや、「消失」したりパラレルワールドに迷い込んだりする主人公が登場する。たいていの作品はやたらと長い。

村上氏がなんらかの才能と、執筆に使うとんでもないスタミナを持っていることはわかる。けれども彼の大変な人気は、ぼくには理解できない。おそらくみんなは理屈に合わない物語と労力のかかる執筆スタイルと、説明のつかない神秘的な物語が好きなのかもしれない。ぼくはそうではないということだ。

ぼくはうまく歌えるようになりたい。もしそれに見合う声を持っていれば、上手にメッセージを伝えられるのにと思う古いアイルランドの歌がいくつかある。けれどもぼくはその声を持っておらず、だからぼくのひどい声でそれらの歌が歌われないことについて世界に感謝してもらっていいだろう。

友人のタカが、こう言ったことがある。ぼくが彼と同じ「反カラオケ派」だと知っての発言だ。「音楽が好きな人は、カラオケが嫌い」

ぼくは初めて行ったときからカラオケが嫌いだった。本当はみんなが歌っている間にカラオケ店のまわりを歩いて、新しい友だちでも探そうかと思っていたのだが、ぼくらはひとつのグループとして部屋に押し込まれ、ドアが閉められた。順番に歌うことになっていて、友人たちはぼくが気のすすまないふりをしていると思ったようだ。結局、ぼくはその場を去ることになった。

三年後、ぼくは再びカラオケに挑戦した。とてもお世話になった人たちといっしょだったので特別に行くことにした。彼らはぼくがヒッチハイクで旅をしているとき、もう暗くなっている時間だったのに通りがかりに車でぼくを拾ってくれた（ヒッチハイクの旅では日が落ちると、乗せてくれる車を見つけるのはむずかしい）。そして悲劇は起こる。彼らはぼくに、映画『ゴースト／ニューヨークの幻』で使われている「アンチェインド・メロディー」という歌をリクエストしてきた。さらに悲劇は続き、ぼくはこの歌がとてもむずかしいということを知らなかった。みんなはとてもやさしく受けとめてくれた。

自分がカラオケの何が気にいらないかを理解するまで、かなりの年月がかかった。

ぼくが歌うのがうまくないというだけではなかった。最近になって答えがわかった。いま多くの人が、名所に行ったり有名人に会ったりしても、その場所やその人物は写真に撮ろうとしない。みんな「自撮り」をする。エッフェル塔の前にいる自分、俳優のベネディクト・カンバーバッチといっしょにいる自分を撮りたがる。つまり重要なのはタージ・マハルではなく、そこに「自分」が行ったという事実なのだ。宇宙の中心にいるのは自分であって、ほかは添えものでしかない。いうなれば、それがカラオケの本質だ。みんな、別の人が作り、別の人が最もうまく表現した音楽を借りながら、自分が宇宙の中心にいると主張したがる。

誰でも個人的に好きなものと嫌いなものがある。不思議な偶然だと思うのは、ぼくが嫌いなもののいくつかが、他の外国人が日本を気に入る理由と重なっていることだ。いつもなら礼儀をわきまえて黙っているところだが、ここで一回、思いきって吐き出したことで、気持ちが軽くなった。

14 「あまり知られていない」ニッポン

そんなわけで、ぼくは日本の有名な発明品のいくつかに、あまり関心を持っていない。能や俳句や囲碁の世界にも足を踏み入れていない。日本で主流とされる文化には関心がないようにみえるかもしれないが、日本には好きなものがほかにありすぎるので、関心のないものについて考える時間がないのだ。

ときどきぼくは、日本の生活であまりよく知られていないものについて、まわりに話をする。よく知られているもののことなら、ぼくよりもっと詳しい人がもっと熱く語るのを聞けるだろうから。自分の好きなもののなかで外国人があまり知らないものについてだったら、ぼくはいくらでも話せるけれど、ここではそのほんの一部を取り上げてみたい。

偉大な雑草

そう、食べることにそれほど関心がないと言っているわりに、ぼくは食べ物のことをやたらと書いている。単純な話、日本で暮らして楽しいことのひとつが食べ物であるということは否定できない。日本の「食」をテーマにした本は書かないと約束できるが、書いたとしたらタイトルはこんな感じになるだろう。『寿司だけじゃない』

イギリス人やアメリカ人が日本食の話をすると、たいていは寿司の話になる。一部の人は「日本食＝寿司」あるいは「日本食＝寿司とその他いくつか」と思っているかもしれない（最近はラーメンも人気を集めはじめている）。

これでは天ぷらや豚カツが軽んじられているし、目を向けてもらいたい日本の食べ物はほかにも大変な種類がある。でもここでぼくは、ゴボウの話をしたい。ぼくはゴボウが大好きだ。日本に行くまでは食べたことがなかったし、ぼくが日本語の呼び方を先に覚えた数少ないもののひとつだ。ずいぶんあとになって、英語の呼び名を辞書で調べた（「burdock」という）。

自分が本当にゴボウの味が好きなのかどうかわからないが、なぜだかハマっている。この文を書くのはためらったが、日本人が牛丼についてぼくに何度か言った話に意を強くした。それは、本当に牛丼の味が好きなのかどうかわからないが、食べたくてたまらなくなるというものだ。

ぼくはゴボウをいろんな料理法で食べる。マヨネーズをたっぷりからめたゴボウサラダ。油で揚げたゴボウチップ。軽くゆでたゴボウのみそ汁。ときどきスーパーでゴボウを自分で一本買うと、とても安いので驚いたものだ。外側の固い皮をそぐと、ピカピカの白い部分が出てきて、少しだけ時間がたったら、くすんだ茶色に変わってしまったので驚いたのを覚えている。ぼくは、もうひとつの層をむかないといけないのだろうと思ったが、また同じことが起きただけだった。

イギリスに小さな庭のある家を持ったとき、ぼくはゴボウを育てたいと思った。そうすれば、自分で料理して食べられる。ゴボウがイギリスで育つことはわかっていた。こちらでも使われているからだ。でもそれは、ハーブティーの「ダンデライオン&バードック」というものだけだ。いろいろ調べてみて、ぼくが見つけたのは、ゴボウを庭から追いだすにはどうすればいいかというアドバイスばかりだった。つまり、ゴボウは非常に面倒な雑草として扱われていたのだ。あるウェブサイトはいくつもの駆除法を載せていたが、どれもうまくいかなかったときには、最終手段としてヤギをしばらく借りることをすすめていた。ヤギはゴボウが全滅するまでガリガリ食べる。

だから、ゴボウを育てるのはアマチュア園芸家には危険なことのようだった。とくにぼくのように、何カ月も庭を放っておくことが多い者にはよくないらしい（それどころか、ゴボウを持ち込んで地域の生態系を破壊したという理由から、近所の人たちがぼくを追い出す運動を始めるのではないかと思って怖くなった）。

いろいろ考えた末にぼくは、ゴボウを日本に行ったときだけ口にする特別なもののままにしておこうと決めた。ゴボウは寿司をしのぐごちそうになった。寿司はイギリス中のスーパーで買えるし、イギリス中のレストランで食べられるが、ゴボウはそうはいかない。

「知識の貯蔵庫」

商店街は、日本に住むという経験のハイライトだ。いろんな店がうまい具合に軒を連ねる商店街は近隣を便利にし、付加価値をもたらしてくれる。ただ歩くだけで楽しいし、コミュニティーの一体感を高めてもくれる。ぼくは家族経営の小さな店で楽しい経験をたくさんしており、そういう話を文章にしたこともある。

最近ぼくは、商店街を別の角度から考えてみた。商店街というのは何かをもたらすだけでなく、知識や情報の小さな「貯蔵庫」なのではないか。

イギリスでこの一〇年ほど、小売店から繰り返しわき起こる不満がある。客は店を訪れ、商品を見て、スタッフからアドバイスをもらうのだが、それだけで家に帰ってしまい、インターネットでもっと安く買うのだという。客は小売店を（たいていはアマゾンの）ショールームのように使っているわけだ。

そういうことが起きているのは確かだし、小売店には同情もする。しかし同時に、それはある程度まで、小売店の側がみずからまいたタネではないかとも思わずにいられない。ぼくはイギリスの小売店で、無愛想な店員に会って不快な思いをしたことが何度もある。でも、ぼく自身が商品の知識もない無愛想な店員だったこともある（もっといい仕事を探そうとして苦しんでいた半年間のことだ）。

最近ぼくは、小売店で起きたいくつかの出来事に腹を立てていた。店に行って質問しても、スタッフが答えられないことが何度もあった。ときにぼくの質問はアシスタントからシニアアシスタントに引き継がれ、さらには店長に引き継がれたが、それでも誰も答えられない。店の中は散らかっていることも多く、見て回るのが大変だ。値札がついていない商品もあり、欲しい商品があっても肝心のサイズや色の在庫がなかったりする。

先日、とくにいらついた出来事があった。女友だちへのプレゼントにジャケットを買いたかったのだが、女性の服のサイズはどういう言い方をするのか知らなかった（実は男性とは違うと知って驚いた）。あいにく女性の服のサイズは「S・M・L」のような表記をしない。そこでぼくはスタッフに、平均的な女性の服のサイズはどれかと尋ねた。それがわかれば、買うべきサイズがわかるかもしれないと思ったからだ。ところが女性の店員は「サイズは人によります」と、信じられないくらい当たり前のことを言う。ぼくはさらに続けた。「あの、平均のサイズを教えてもらえれば、どのサイズを買えばいいか、だいたいわかるんです。もしまちがっていても、ジャケットは返品できますよね。でも、できれば実際に近いサイズを知りたいので……」

でも、店員もさらに言った。「答えられない。サイズは人によりますから」

ぼくはこの話を何人かの友人にしたが、ぼく自身がやはり服を売る店でダメ店員だった時期があったのをあとになって思い出した。初めて仕事に行った日、ぼくは四〇秒間のトレーニングを受けた（オリエンテーションのために一時間早く出勤していたのだが）。ぼくの最初のお客さんは「ストール」を見たいと言ったが、ぼくはそれがどういうものなのか知らなかった（働いていた売り場が、ほとんどストールとマフラーだけを扱っていたことを白状すべきだろう）。不愉快な客にいばりちらされて、「こんなことに我慢する分の給料はもらっていない」と思ったのを覚えている。それからは、不快でもなんでもない客に対しても愛想が悪くなっていった。

もうひとつ覚えているのは、その店にたまたま有名な歌手が友だちといっしょに来たときに、「うちではスウォッチを扱っていません」と言ってしまったことだ。彼らの言う「スウォッチ」が、時計のブランドのことだと思い込んでいた。けれども彼らが欲しかったのは生地見本（英語で「swatch」という）で、それを持ち帰って検討したかったのだ。ぼくは服を扱う店で何カ月も働いていたのに、そんなことも知らなかった。この歌手が偉かったのは、ぼくにていねいに説明してくれ、尊大な態度をまったく見せなかったことだ。

日本での買い物の経験は比較にならないほどすばらしいから、どうしても日本では上質のサービスを期待してしまう。たとえば、携帯電話ショップの店員に最寄りの郵便局を尋ねたこともある。彼女が答えられなかったので、ぼくは驚いた。おかしな話なのだが、日本で働いている人は何でも知っているという思い込みがぼくにはあるようだ。念のために書いておくと携帯ショップの店員は、ぼくが道を尋ねられるように最寄りの交番の場所を教えてくれた。だから自分の仕事にはまったく関係のないことについても、彼女は適切に答えることができたのだ。

話を本筋に戻そう。商店街の店は、ただ買い物をするだけの場所ではない。何かを尋ねてアドバイスをもらう場所だ。ぼくは長いこと、自転車屋さんからすばらしい助言をもらってきた。こんなふうに書くと変に思われるかもしれないが、ぼくは二〇〇三年ごろに自分のマウンテンバイクの状態について最高のアドバイスをもらったのを記憶している。ぼくにはいくつかの選択肢があった。基本的な修理を一万円以下ですませ、自転車をあと一年か一年半もたせる。それより大がかりな修理を三倍の値段で行い、自転車をもっともたせる。あるいは、新しい自転車を買う（そんなに高くない自転車なら、修理代を払うよりいいかもしれない）。当たり前のアドバイスに聞こえるかもしれないが、自転車屋さんがこの選択肢をわかりやすく説明してくれただけでなく、ぼくからできるだけ金を取ろうなどと考えもしないことに、とても感動した。

ぼくは最近、子どものとき以来久しぶりにペットショップに入った。けがをして迷子になっている亀を見つけていたのだ（池や川から遠い所だった）。ぼくはなんとか助けたいと思ったが、亀の世話の仕方についてわかりやすいアドバイスをもらうのはむずかしいだろうと思っていた。亀に食べさせるために虫も捕まえたけれど、亀は食べようとしなかった。ペットショップに行って、いろんなことがわかった。ぼくが見つけた亀は「元気」で（おなか側の甲羅を見てわかった）、日に一〇分は水から出たほうがよく、虫はもっと年をとってからでないと食べないものであり、はい登る石がいくつかあったほうがよくて、その店にある亀のえさは食べるという。えさは二一〇円だった。これだけのアドバイスを聞かせてもらっただけでも、その一〇倍の価値はあっただろう。

これぞ「日本的」な服

もうこれ以上の宣伝はいらないと思える会社だが、日本にはぼくが尊敬してやまない服のメーカーがある。ぼくはいつも倹約に努めているが、何年か前に自分には安いものを買っている「ゆとり」がないことに気づいた。安いものは質が悪くて長くもたないので、買っても仕方がない。しかしぼくは、高級品に大金を使うタイプの人間ではない。

これはぼくの大発見でもなんでもないが、日本のある人気アパレルメーカーは安値と高品質の両方を実現させ、派手さのないある種のかっこよさも加えている。この文章を書きながら自分がいま着ているものを見てみたら、靴下とズボンとTシャツはそのメーカーのものだ。大変な偶然というわけではない。たとえば、今はいているズボンはひと夏の間、ずっとはいていた。リネン製だから、暑い日にはとてもいい。リネンのパンツは前にも持っていたが、そこそこ高かったので普段着にはできなかった。今はいているものは高くなかったし（セールで一〇〇〇円もしなかった）、くたくたになるまではきつづけたいと思っている。

保温性の高いサーマルの下着を使うようになったのも、このメーカーがあったからだ。以前なら、そういう下着は高齢者やカナダ北部の大自然の中で暮らす人が着るものだと思っていた。今のぼくは寒い時期には自宅でサーマルの下着を着て、暖房の温度設定を一度下げている。服を買ったら、ガス代が安くなるなんて！

ぼくはこの会社に腹を立てたくなることもある。ぼくを「買い物客」の道に誘い込んだのは、まぎれもなくこのメーカーだ。ぼくがこのメーカーの店に行くのは、何か必要なものがあるからではない。今では店にどんな品物があるかを見るために入り、結局は何か買わないといけないと思ってしまう。質がしっかりしていて安いからだ。

ぼくが日本を離れた二〇〇七年に、この会社はTシャツの革新的なラインを立ち上げた。企業の面白いロゴなどをデザインに使っていた。ぼくはそのうち一五着を買ったと思う。原宿にあったTシャツ専門の店舗に行き、そこでしか扱っていない商品を苦労して探した。ぼくはこのラインが期間限定のものだという印象を持っていたのだが、ぼくが日本を離れたあとも商品は次々と増えていった。日本を離れたあとでよかったと、ぼくは思うべきだろう。もし日本に住みつづけていたら、このラインを「制覇」したいと思い、クロゼットのスペースが足りなくなっていたかもしれない。

そのとき買ったTシャツは、一部はちょっと古ぼけてきたけれど、今でも着ている（この文章を書いている今着ているのは、いちばん好きなシャツだ）。

ここまで読んでくれた日本の読者のみなさんは、ぼくが言っている会社がとっくにおわかりだと思う。だから、その会社を「あまり知られていないニッポン」の例に入れるのはおかしく思えるかもしれない。でも、このブランドはイギリスでは有名ではない。それなりに存在感はあるのだが、イギリスのいたる所で目にする「偽ニッポン」ブランドにはまるでかなわない（これはもう、とんでもなく不当な評価だ）。

イギリス人は、あるイギリスの会社が日本メーカーのふりをして作った、ひどい「まねっこデザイン」の商品に五倍の金を払うほうを選ぶようだ。このブランドは、日本のものと勘違いしそうな名を名乗っている。意味をなさない日本語のフレーズや、存在もしない日本語っぽい言葉を適当に混ぜ合わせて使っている。カタカナとひらがなと漢字が、それぞれ混じっている（その一部は日本語だが、一部は中国語だったり、また一部はどちらでもなかったり）。街を歩いていると、若い人たちが着ているシャツの胸に「TOKYO」「OSAKA」「KYOTO」という文字をよく見かける。たぶん着ている人たちは、シャツを作った会社がイギリスのグロースタシャー州チェルトナムにあることを知らない。

最も腹立たしいのは、この会社が商品に「REAL」とか「ORIGINAL」という言葉を厚かましくも使っていることだ。ぼくが言えるのは「そうじゃない」「いや、違う」ということだけだ。

あまりに奥深い日本人の礼儀

日本人が礼儀正しく、マナーもいいという点に、ほとんど異論は聞こえてこない。ときおり日本の人たちは、若い世代のマナーが低下しているのではないかという懸念を口にする。だがもっと広い視野でものごとを考えると、世界中から日本にやって来る人々は日本人の民度の高さを称賛している。この文章を書いている日、ぼくは日本を初めて訪れたばかりで、東京のどこかに行く用があった友人と話をした。彼女は道に迷ったというわけではなかったが、通りがかりの人に（英語で）尋ねたり、地図を見せて指さしたりした。ぼくは好奇心から、彼女に「あなたが行きたいところまで誰かが連れていこうとした？」と尋ねた。いうまでもなく彼女はある駅まで案内してもらい、さらに彼女が目的地に行き着けることがはっきりわかる所まで連れていってもらったという。ぼくはちっとも驚かなかった。二五年前にまだ日本で道に迷っていたころ、ぼくにもまったく同じことが起きたからだ。

けれどもぼくが思うのは、日本人はマナーがいいとか、あるいは「懸念されているほど大きくは低下していない」といったことだけではない。むしろ、ぼくが気づいていた以上に日本人はマナーがいいのではないかということだ。

昔からずっとそうらしいのだが、収集所に出される危険なごみには「こわれもの」と書くことになっているらしいと、ぼくは今まで気づかなかった。子どもでも読めるように、ひらがなで書く。このていねいな注意書きを目にして、ぼくが感じるのはちょっとした感謝の気持ちだ。ぼく自身ときどき、ごみの中に「お宝」を探してしまうことがあるからわかる（そうやって、すてきな陶器を見つけたこともある）。「こわれもの」の注意書きはぼくにとっても歓迎すべきものだし、ごみの収集チームがどれだけ助かるか想像できる。イギリスでは、壊れたグラスなどは新聞紙にくるむように言われるが、うず高く積まれている黒いごみ袋の中に入れてしまったら、もう自分の問題ではなくなる。

ぼくはときどき多摩川べりを走り、ときどきロンドンのリージェンツ運河沿いも走る。ふたつの場所には共通の問題がある。水際の道を、歩く人、走る人、自転車に乗る人が使うということだ。ロンドンでは、この点が大きな問題になっている。自転車に乗る人はけっこうスピードを出す（この道を通って自転車通勤している人は多い）。歩く人はぶらぶら歩き、一方の側から別の側へ突然、訳もなく移動したりする。自転車の人はときどきベルを鳴らす。歩いている人はびっくりして、「乱暴」な自転車乗りが道を空けさせるためにうるさいベルを使ったと思い、彼らにどなったりする。

システムがうまく働いていないのだ。自転車を走らせる人は、まわりに気をつかわない歩行者のために急ブレーキなどかけたくない。歩行者のほうは、猛スピードで自分たちを追い抜いていく自転車乗りにとやかく言われたくない。

多摩川でぼくは答えになりそうなものを見つけた。ふつうの自転車乗りはスピードを落としたり止まったり、歩いている人の間をすり抜けるように進んだりしている。でもスピードを出したい人は、牛の首につける「カウベル」のようなものを自転車につけている。このベルは小さな音をずっと出す。びっくりさせることはないが、ドップラー効果によって、何かが後ろから近づいてきていて、それがどのくらいのスピードなのかを伝えるには十分だ。

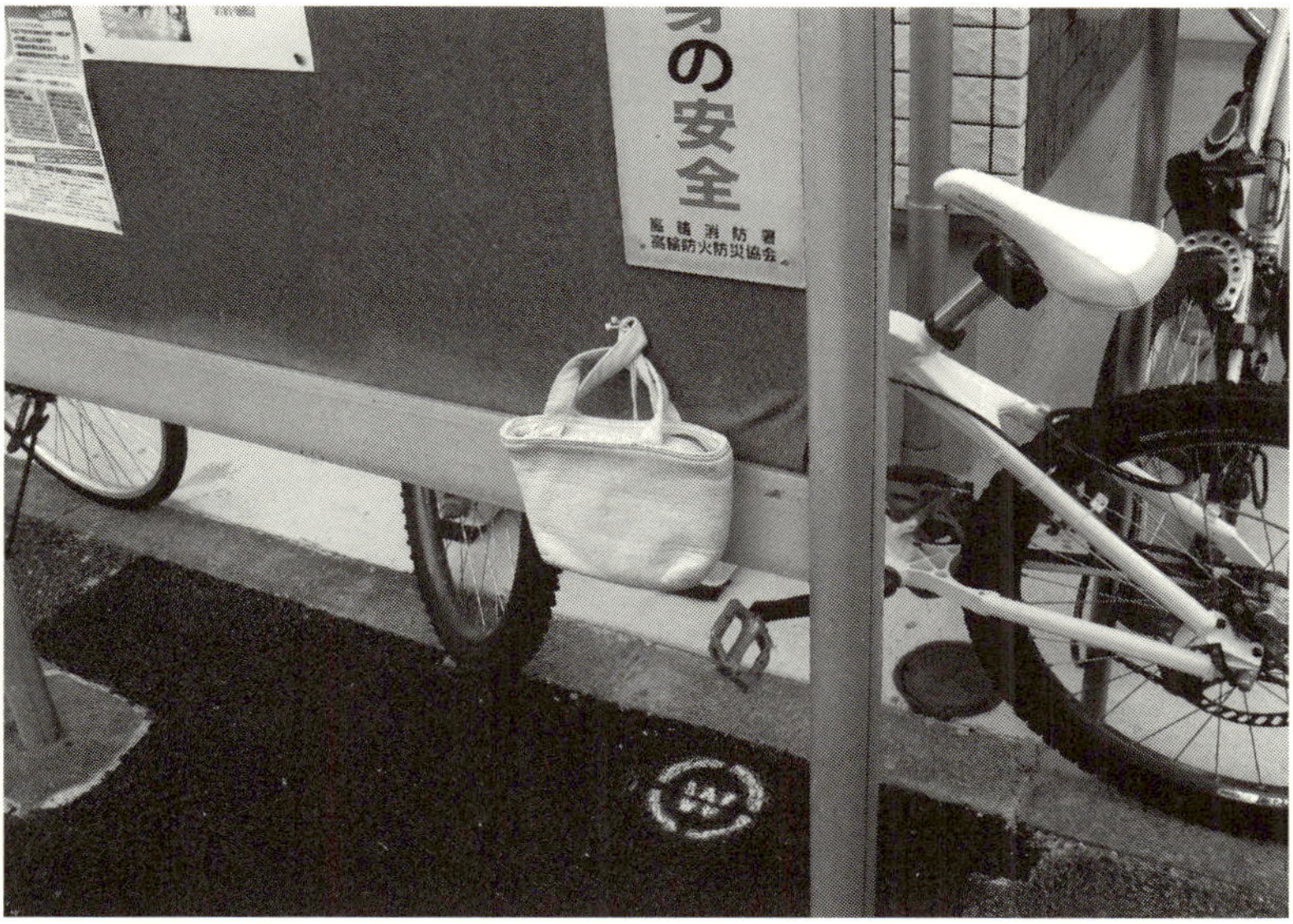

小さな布のバッグ、落とした人はいませんか？

日本人はとても礼儀正しい。カンバンの人まで

解決策として完璧ではない。ヘッドホンをつけている人もいれば、耳が遠い人もいる。子どももいるし、自分の目の前に広がっているものだけが世界だと思っているような人もいる。けれども、摩擦の少ないかたちで現実的に問題を小さくしようという試みであることはまちがいない。

短パンを買ったら、店の人がビニールの袋に入れてくれ、上のあたりをテープで止めた。帰ってから気づいたのだが、テープは片方の端が折り返されており、タグのようになっている。だから買ったものを取り出すには、テープの端を探ってはぎ取らなくても、このタグを引っ張るだけでいい。こういうことを「細部への気配り」というのだろう。

知恵の実

だいぶ前、ある折り紙マニアから、アメリカの刑務所で折り紙の講座を始めたところ、入所者の品行が大きく改善したという話を聞いた。ある種の作業療法の役割を果たしたのだという。

彼の話の真偽を確認することはぼくにはできないが、そういうことも十分ありえるだろうと思う。手作業をすると、ある人々にとっては感情を鎮める効果があることは知っていた。イギリスでは鬱《うつ》病患者が治療の第一歩として、手を忙しく動かすよう指導されると聞いたことがある。食器洗いのように、手を使い、気持ちを集中させ、望ましい結果を導き出す作業がいいそうだ。

何年か前、ぼくはこの療法のオリジナル版を自分で生みだした。ぼくは気持ちをリラックスさせるのがうまくないし、いいアイデアが浮かぶのは「考える」という作業をしていないときが多い。たとえば、パソコンの画面にまっさらのページが立ち上がっているのを前にしているときに、いい記事のアイデアが生まれたためしはない。いいアイデアが頭に浮かぶのは、走っているときだったりする。そんなときは、全力疾走で家に帰り、忘れないうちに書きとめたいと思う。

ぼくは銀杏《ぎんなん》（イチョウの実）を拾っている。

手先が器用ではなく、辛抱強くもないので、ぼくは折り紙にはまったく向いていない。きっと何週間かでやめることになって、「折り紙教室」にお金を払ったことを（それがほんの少額でも）後悔するだろうと思う。銀杏はぼく自身が選んだ「作業療法」だ。銀杏を拾おうと思えば、書くべきことがわいてこないときや、走るだけの元気がなくても、とにかく家の外に出なくてはいけない。

ときどきぼくは、銀杏を拾っているほかの人たちに出会うが、それより多くの場合、まわりの人のほうから、何をしているのかと尋ねてきたり、コツのようなものを教えてくれる。だから銀杏拾いはとても「社会的」な活動で、以下に書くコツはぼくが会った人たちが教えてくれたものだ。ずいぶん多くの人が銀杏の拾い方を知っているものだと思ったが、実際に拾っている人はあまりいない。銀杏拾いは消えゆく伝統芸能のようなものなのだろう。それも無理はない。狩猟採集の作業で労働力に対する見返りがこんなに割に合わないのは、銀杏拾いくらいだろう。

イギリスでぼくはベリーをつんでいるが、こちらは比較的わかりやすい。とげに刺されないよう長袖の服を着て、熟した実を採集し、洗って食べる。

銀杏拾いはそれよりも手間がかかる。自分から取ってはいけなくて、秋になって落ちてくるのを待ち、それから拾う。ぼくの「銀杏友だち」のひとりは退職した男性だが、野球のピッチングの練習をしている人で、ときどき銀杏がたくさんなっている枝に野球のボールを当てて、ぼくのために銀杏のシャワーを降らせてくれる。でも、そこまでのことは実は必要ない。いつも銀杏はたくさん落ちているし、誰も拾わない。

それは臭いが大きな理由だろう。あの臭いは次の三つのもののどれかに似ていると、みんな言う。犬の排泄物、嘔吐物、腐ったチーズ。最後のふたつの例を聞いたとき、その意味はぼくにもわかったけれど、いつも本能的に「犬の排泄物」だけを思い浮かべていた。いずれにしても、銀杏はいい香りはしない。ひどい臭いの場所に自分から首を突っ込まなくてはならず、理屈から言えば臭いがきつい場所ほど銀杏はたくさんある。

まずやるべきなのは、この臭いの強い果肉の中から実を取りだすことだ。銀杏をやさしく踏みつけて、実をきれいに取りだす方法がある。たいていの場合はうまくいくが、それでも実にはオレンジ色のベトベトした部分がちょっとついてくる。

銀杏はじかに触らないほうがいい。果肉の部分がひどいアレルギー反応を引き起こすことがある。もしあなたが不運なグループに属する人なら、銀杏アレルギーによるかゆみは相当にひどいものらしい。だから運を天に任せることなく、必ず手袋をはめたほうがいい（使い捨てのものか、洗いやすいものかだ）。

銀杏がたくさんなっている木を見つけたら、一〇〇個か二〇〇個拾うのにそれほど時間はかからない。ぼくは気に入っている木があるのだが、子どもたちの遊び場のそばなので、たくさんの銀杏が自転車や足でつぶされている。そこからあまり遠くない所に、とてもたくさん銀杏をつける木があるけれど、その木の銀杏は小ぶりで、しつ

見つけるのはむずかしくないけれど……

こいくらい果肉がネバネバする。そこからまたあまり遠くない所に、銀杏の落ちる時期が少し遅い木があって、おかげでぼくは何カ月も銀杏を拾いつづけていられる。

　ふつう、銀杏からネバネバした果肉を取り去る方法はふたつある。ひとつは銀杏をひものついた袋に入れ、どこかにしっかり止めて流水で洗う。もうひとつは、果肉が朽ちるまで土に埋めておく。でもぼくは、この作業を自分の手でやることが多い。バケツに銀杏と少しの水を入れ、一定の方向に激しくかき回し、次に逆方向にかき回す。そうすると、銀杏は磨き込んだ宝石のようになる。

　銀杏を乾かすには、新聞紙の上に離して並べ、じかに太陽の光に当てるのがいちばんだ。乾いたら二〇個くらいずつ、きれいな新聞紙で包む。ビニール袋より、このほうが銀杏は息がしやすい。たくさん拾ったら冷蔵庫に入れてもいいが、そうすると水分がいくらか失われ、風味もちょっと落ちてしまう。

　ときどき友だちに、今日は一日何をしていたのかと聞かれ、ほとんど銀杏を拾っていたと言うのは恥ずかしい。そんなとき、ぼくは銀杏に関するふたつの情報を持ち出し、友だちの関心をそちらに向けさせようとする。ひとつはイチョウが「東京都の木」であり、都のシンボルマークがイチョウの葉によく似ているということ。もうひとつはイチョウが「生きた化石」であること（古代の化石によって知られる種に非常に似ており、近い「親戚」がいない)。こうすれば、ぼくは古生物学か何かの調査か、文化的な経験をしているように思わせて、友だちをけむに巻けるかもしれない。

銀杏をいちばんおいしく食べるには、くるみ割りで殻をやさしく割り、電子レンジで二〇秒温める。少しだけ塩を加えると、最高のビールのつまみになる。オートミールに入れてもおいしく、少し古いものでもけっこういけるから、ぼくは春に食べることもある。

でも一度に何十個もガツガツと食べてはいけない。どうやら銀杏には微量の毒素が含まれていて、大量に食べると中毒症状を引き起こすことがある。

小さな銀杏を拾って食べられるようにするまでに、どれだけの時間と手間がかかるか、いくらかわかってもらえただろう。純粋に合理的に考えて、それだけの価値があるとは言いがたい。店では数百円で買えるだろうし、お金を稼いで銀杏を買ったほうが時間の使い方としては効率がいい。

でもぼくにとって大切なのは、銀杏を拾うこと自体が楽しいと思えることだ。こういう行為は、日々のストレスや、人生のもっと大きくて複雑な問題を忘れさせてくれる。銀杏を拾っているときに、ぼくは長いこと思い悩んでいた問題の解決策を思いつくこともある。能力が解き放たれたかのように、答えがするりと降りてくる。原稿に書くべきいいアイデアが頭の中にひょいと浮かぶことは、けっこう多い。だからこの短い文章は、つつましい銀杏に捧げたい。世界で最も面倒で、最も心を癒《い》やす力を持ち、最もインスピレーションを与えてくれる小さな実に。

15 「日本人、変わってる?」

居酒屋で出会った男性との会話は、気まずい感じで始まった。少なくとも、何かをおごってくれるという人と出会ったなかでは、気まずい部類に入るものだった。

男性はにごり酒を飲んでいて、ぼくにもすすめてきた。ぼくは前に何度か飲んだことがあって、嫌いというわけではありませんが、あまり好きでもないんですと説明した。「おごるから飲んでみなさい」と、彼は言った。

ぼくはさらに続けて言った。「新潟に行ったとき、このお酒を飲みすぎてしまったことがあるんです。次の日はとても頭が痛くなって。もちろん飲みすぎたのはぼくのせいなのですが、あの嫌な経験を思い出してしまうので……」

しかし、もうそのころ男性は店の主人に、ぼくににごり酒を一杯ついで勘定は自分につけてくれと大声で頼んでいた。店はわりにこぢんまりしていて、ほんの数人の客が外国人がとても日本的なものを「初めて」味わう瞬間を見つめていた。ぼくは面倒なことになりそうだなと思いながら、ひと口すすった。きっとぼくがどんな感想を持ったか、みんな興味津々《しんしん》にちがいない。ぼくが気に入ったら、場は盛り上がるだろう。嫌いだと言っても、面白がってくれるだろう。けれど、味はまあまあですがビールのほうが好きですなどと言ったら、失望が広がるにちがいない。

ところが、いつのまにか、場の空気はふだんどおりに戻っていた。ぼくが酒を飲むところを見ていた人たちは連れとの会話に戻り、おごってくれた男性はていねいな口調でぼくに話をしてくれた。次は塩辛や馬刺しを食べさせられるんじゃないかと不安だったのだが、男性はスコットランドの独立の是非を問う住民投票や、イギリスのそれぞれの地域の違い、あるいはぼくもそのころ関心を持っていたイギリスの問題のいくつかに興味があることがわかった。

それから男性は、聞きたくて仕方がなかった質問をぼくに向けてきた。「日本人、変わってる?」。ぼくの答えはいつもと同じで、初めはおかしいなと思うことがありましたが、だいたい慣れましたというものだ。変わっているものは確かにあるけれど、国や文化の間には違いがあるものですし、ぼくのみたところでは日本だけが特別変わっているわけではありません。日本だけが大きくずれている国際的な「基準」のようなものがあるわけではないでしょう……といったことだ。

まずまずの答えだと思ったのだが、ぼくは出会ったばかりの飲み友だちがいささか失望したように見えて仕方なかった。どうやら彼は、自分には思いもつかない話を聞きたかったようだ。ぼくが本当に理解に苦しんでいることを長々とあげていったら、彼は傷つくより、逆に面白がってくれたのではないかと思う。

だからここでは、ぼくが日本で不思議に思ったり、今でも理解できないことをあげておこうと思う。


日本人は猫を駅長にする。アザラシに住民票を与えたりもする。

たくさんのカルトや奇妙な宗教団体がある。

日本人は外国人に、日本には四季があると、いつも言う。あれは、ぼくたちの反応を見て楽しむための内輪のジョークなのだろうか。それなら、ほんの少し変えてみたらどうだろう。たとえば、日本には「重力」という面白いものがあるんです、とか。

気をつけたほうがいいのは、日本人は今がどういう季節かを非常に重視しがちだということだ。とてもいい天気の日がやって来る。気温は二〇度、日差しもたっぷりだ。ところが、Tシャツ一枚で外出してはいけない。もしも（ぼくみたいに）そんなことをしたら、まわりから驚くようなことを一日中言われつづける。「だって今は冬なんだよ！」。でも天気がいいからと言っても、誰も聞き入れてくれない。日本では「天気に合った」服より、「季節に合った」服を着なくてはいけない。

ぼくは日本のこういう風潮にしばらく抵抗を試みたが、事態をこじらせただけだった。

日本の電車は、季節と実際の気候のずれに対応していない。外は冬らしくとても寒いので、保温性の高い下着を身に着け、厚手のコートを着てマフラーを巻いているのに、電車の中はなんと二二度に暖められている（電車が満員なら、さらに暑くなるだろう）。夏には半ズボンと薄いTシャツだけだと、倉庫の中にいるみたいに冷えてしまう。

日本の人は、ピザやトーストの焦《こ》げたところは、ほんの小さなものでも口にするのをためらう。「ガンになるから」と、彼らは言う。たばこを吸っている人が、そう言ったりもする。

銭湯では、湯船の隅に温度計がある。目盛りは一定の温度から上が赤くなっていて、奇妙な話だが「お湯が熱い、または非常に熱いが、危険ではない」ことを示している。赤い部分を超えると、話は別だ。やけどをする恐れもある。けっこう頻繁に（とくに開店直後には）、お湯の温度を示す針がこの危険な部分にしっかり入っている。でも、お湯の温度を下げるために水を足そうとしたら、高齢の客が必ず止めに入るだろう。「お湯がぬるくなる！」。もしあなたが（というか、この場合は実際にぼくがやったことなのだが）温度が赤いところに入っているので……とでも言おうものなら、あなたは（というか、ぼくは）こう言われるだろう。「日本人は熱いお湯が好きなんだよ」。ここで「温度計を見てください！」と反論したところで、この人たちには通じない。お湯の熱さをどう感じるかは、国籍の問題だと言っているのだから。

イギリスでは「バスタオル」と言えば、「浴槽に入ってぬれた体をふくために使う特別に大きくて厚いタオル」のことだ。銭湯でみんなが使っているタオルは、ハンカチくらいの大きさしかない。そして、ハンカチくらい薄い。

政府が民間企業に対して、社員に有給休暇を消化させるようにと指示しないといけない国は、きっとほかにないと思う。

けれども、勤務時間中にデスクに突っ伏して眠ることは大目にみられる（ぼく自身はそんなことをしたことはないが、仕事のノリが悪いときに髪を切ってもらうために外出したことはある。イギリスの職場でこれをやるのは賢いことではないだろう。まわりの人たちは一時間前の会議のときより髪が短くなっていることに嫌でも気づくだろうし、就業時間中にオフィスを抜け出したことがわかってしまう）。

これから書きたいのは、「よくある」というほどではないが、日本人のなかにひとつのカテゴリーをつくりたくなるくらいの頻度では遭遇する出来事だ。そのカテゴリーとは、この国で一〇〇人中一〇〇人が（あるいはおそらく一〇〇〇人中一〇〇〇人が）知っていることを「知らない」と言う人たちだ。ぼくは日本の四歳児のことを言っているわけではないし、ボリビアで育って最近日本に来た人の話をしているわけでもない。きちんとした教育を受けて、社会常識をわきまえた日本人の大人の話をしている。

ぼくが「雨男《あめおとこ》」という言葉を使ったら、日本人の同僚は聞いたことがないと言う。そこでぼくは意味を説明し、これはふつうの日本語だと言った。彼女はもうひとりの同僚に聞いた。「いや、知らない」と、彼は言った。

あるときぼくは、東京で生まれ育ったジャーナリストの友人に、ぼくが寝すごした最悪の例は夕方五時のチャイムで起こされたときだという話をした。「それ何？」と、彼女は言った。「え？　日本では、どの都市でも町でも地域でも、五時にチャイムが鳴るでしょ」と、ぼくは言った。「家の近くに工場があるんじゃない？　仕事の時間が終わったっていう合図なのよ」「違うよ。東京のどの区でも、どの地域でも、どんな所でも絶対に鳴ってる。家に帰る時間を子どもたちに知らせるんだ」「そんなのないわよ」

ぼくの友人のクリスは、イタリアを旅行していて日本人と知り合いになった。いっしょに食事をすることになったグループの人たちにちょっと自慢したい気持ちもあって、彼はこの日本人男性に、デザートはいかがですか、「別腹《べつばら》」ですからと話した。すると日本人男性はけげんそうな顔をして、「その言葉、聞いたことがない」と言った。クリスはまわりの人たちから、日本語を知っているふりをしようとしたと思われたようだ。

次で最後の例にしよう。学生のとき、ぼくは日本人の友人に日本語のものの数え方を勉強した成果を披露したくなり、ウサギは「一羽、二羽」と数えるなどと言った。そうしたら彼は、ぼくがまちがっていると言う。「一匹、二匹」だ、と。ぼくは、ウサギの場合は例外だと言ったのだが、彼（ちなみに国語の先生をしている友人のことだ）はまちがっていると言い張る。その場にもうひとり友人がいたので（一流大学の出身だ）、ぼくらは彼女に尋ねた。「一匹、二匹」と、彼女は国語の先生に賛成した。

本当か!?

日本のテレビに流れるお笑い番組は、単純すぎるように思える。たいていは、ちょっと鈍い男と、ちょっと暴力的な男の組み合わせだ。暴力的な男のほうが、鈍い男の頭をたたく。

ぼくはときどき、このやり方はかなり古く、八〇年ほど前にローレル&ハーディが完璧につくり上げたもので、それ以上いいものはできないという話をする。そうしたら日本の人たちは「ローレル&ハーディって誰？」と聞いてくる。ローレル&ハーディといえば、歴史上最も成功した有名なお笑いコンビだ。チャーリー・チャップリンと同じくらい有名なのだけど。

日本人は外国人が自分たちをどうみているかということに非常に関心がある（個人的にはとても助かるが）。この空気を同じくらい感じられる国はほかにない。日本と日本人について世界で語られているジョークを集めた本まで出版されていると聞く。そんなわけで、日本に住んでいる外国人に受けている話をここに書いておきたい。

人類学者のチームが、アマゾンの奥地にすむ部族に接触し、彼らのことを調査するために三人の専門家を送り込んだ。三カ月たって、三人の報告書が発表された。フランス人の専門家は、この部族の食文化と性生活と社会的価値観について書いた。アメリカ人の専門家は、部族が生みだす産品とその土地にある天然資源と、交易の可能性について書いた。そして日本人の専門家が書いたのは（さあ、発表前のドラムロールを！）彼らが日本をどうみているかだった。

でも、ぼくが居酒屋で会った男性のことを振り返ると、最も「奇妙」なのは彼がぼくの日本に対する印象を知りたがったことではなく、男性がイギリスでいま起きていることについても知りたがったことかもしれない。この男性は下町の居酒屋で飲んでいた肉体労働者だが、ぼくとイギリスの話ができた。ぼくはまじめに考えたのだけれど、イギリスだったら社会階級に関係なく、たとえば日本では安全保障政策が問題になっていることを知っている人がそれほど多いとは思えない。この問題が今どういうことになっているかを知らないだけでなく、問題とされていること自体を知らないにちがいない。さらに言えば、イギリス人で日本の今の総理大臣の名前を言える人はほとんどいないだろうし、戦後の日本の総理大臣の名をひとりでもあげられる人もいないかもしれない。

型にはまった見方かもしれないが、イギリスのふつうの労働者はまともな新聞を読むこともなく、世界情勢もあまり知らない。だからテーマが何だろうと、たまたま出会った外国人の意見などとくに気にしないだろう。

そういう意味でなら、ぼくは日本人が「変わっている」と思う。

16

日本は今日も安倍だった

久しぶりに誰かに会うと、すぐにわかるのは外見の変化で、次に癖や態度や性格などの変化に気づく。でもその人にいつも会っていると、ゆっくりと起きている変化にはなかなか気づかない。

日本とぼくについても、同じことが言える。ときには日本に住んでいる人ならすっかり慣れてしまったことが、突然ぼくを驚かせる。たとえば銀座線のピカピカの新しい車両を見て、ぼくはショックに近いものを感じた。あの古ぼけた「レトロ」な車両は、銀座線の「魂」とでも呼ぶべきものだと思っていた。

まわりの人たちは、ぼくが持っているこの特別な「才能」にときどき気づいて、日本がどんなふうに変わったのか教えてくれと言う。そう言われると、ぼくは言葉に詰まってしまう。ざっと見渡したところ、ぼくは日本が大きく変わっているとは思えないからだ。ぼくはみんなに、外国人観光客がものすごく増えたというかもしれない。あるいは渋谷駅で東横線を見つけられず(「昔は頭の上にあったのに、今は一マイルくらい地下に潜るんだ!」)、たとえ見つけられても、ぼくが行きたかった桜木町駅に電車は行かなくなっていたから、仮に見つけていても意味がなかったという話をして、彼らを喜ばせるかもしれない。

でもそれらは、しょせん大した話ではない。厄介なことに、ぼくは自分が日本を離れてから、この国がそれほど変わったとは思えないのだ。初めて住んだときから二〇年以上がたつが、その間に日本に根本的な変化があったかどうか疑問が残る。

一〇年くらい前、東京でイギリスの新聞の特派員をしていたとき、ぼくは日本の置かれている大きな状況を、いくつかの文章にして頭の中にまとめておこうとした。日本の経済は停滞していて、大規模な公共事業を行わないと成長できず、公的債務は増えつづけている。人口は高齢化が進み、出生率が低い。社会で活躍する女性はまだまだ少ない。政治に新しい時代が訪れたようにみえても、つねに権力は特定の政党に戻っていくようだ。アジアの近隣諸国との関係は良好ではなく、中国に追い越される可能性もある。

ぼくはこの文章を、実際に書いたときより一〇年前にも書けただろうし、今も書けるだろう。むかし近所を走っていたさおだけ屋の車が、日本の象徴のように思えてくる。「二〇年前と同じ……」

変化があったように思えても、よくみれば実はそれほどではないことがある。ぼくが初めて日本に来てから、この国に地ビールの伝統が根づいたのはうれしい。けれど今でも東京の居酒屋に出かけたら、一種類のビールしか置いていない確率は九〇%にのぼる（その一種類がアサヒスーパードライである可能性は高い）。

ぼくはサッカーを愛していて、Jリーグ発足以降の日本サッカーの進歩はすばらしいと思う。それでもサッカーの観客数は、野球に比べるとまだはるかに少ない（同じ二チームが何日にもわたって何度も戦うのに、どうしたらスタジアムを満員にできるのだろう？）。

ぼくは日本にまったく変化がないと言いたいわけではない。ただ、人々が思うより変化の幅が小さいのだ。東日本大震災のあと、日本の政治は「すべてが変わる」と、みんな口々に言っていた。でもこの文章を書いている時点での首相は、ぼくが日本を離れたときと同じ安倍晋三だ。

大きな災難に出合うと、人々はものごとが以前と同じままのはずはないと考え、そこからかすかな慰めを得ようとする。災厄には、そこから生まれる変化によって意味

日本を出たときと、戻ってきたとき、首相は同じ人物だった

この人形は、
「発泡スチロール」で
できております。
大変こわれやすいので、
さわらないでください。

が与えられるのだ。しかし残念ながら、つねに変化が起こるとは限らない。

東京で特派員をしていたころ、ぼくは大きな変化が欲しかった。大きな変化はニュースになる。しかし実際には変化が起きていないから、ぼくは「もしかすると」起こるかもしれないことを予測したり、これから起ころうとしていることを書けと、ときおり言われた。たとえば覚えているのは、日本が核保有に向けて「前進」しているという記事を書けと言われたことだ（ぼくはそんなものは書けないと抵抗したが、ほとんど無駄だった）。二〇〇七年に日本を離れる直前に書いた記事の一本は、日本が憲法九条改正に向けてどう動いているかというものだった。

これらは大きな変化だったろう――もし本当に起きていれば。

ぼくの「いつか書きたい記事」のリストに入っていたのが、いま日本橋の上を覆っている高速道路を地下化するという計画についてだ。この計画をぼくが最初に耳にしたのは、一九九八年だと思う。「実現したら記事にできる」と、ぼくは思った。ぼくはまだ、その時を待っている。

大きな変化に思えたものでも、振り返ればそれほどではなかったということがある。いま思えば、自分が特派員だったときに、なぜ小泉純一郎が「断行」した郵政民営化を「大ニュース」だと思ったのかわからない。人々の暮らしへの影響を考えれば、

「クールビズ」のほうが重要だった。

ぼくが大学を出てからは、イギリスのほうが日本よりもはるかに大きな変化を経験したようだ。いくつか例をあげれば、まずイギリスは大変な数の移民を抱える国になった。外国生まれでイギリスに住んでいる人は八〇〇万人に達しようとしている。この数字は、バーミンガム、リバプール、リーズ、シェフィールド、ブリストル、マンチェスター、レスター、コベントリーの人口を合わせた数の二倍を超える。

この一〇年ほどで、ロンドンの不動産価格は三倍近く値上がりし、若いイギリス人には小さなアパートさえ手が届かないものになった。

同性愛者は法的に結婚し、養子をとることもできるようになった。

貴族院（上院）には、世襲貴族が入れないようになった。

イギリスの「連合」の度合いは以前より緩くなった。ウェールズとスコットランドは一九九七年に、かなりの権限を委譲された。二〇一四年にはスコットランドが、国民投票によってイギリスから独立する寸前までいった。結局は残留したが、スコットランドは新たに大きな権限を手にし、それによって国内の他の地域もより大きな権限を求めるようになるだろう。イングランド人も自分たちだけの問題に対して、より大きな発言権を求めるはずだ。

北アイルランドは、複雑で厄介な和平交渉の末にかなりの安定を勝ち得た。イギリスで最も混乱していたこの地域は、大きな変化を遂げた。

こうしたイギリスの変化の度合いを考えれば、日本の変化が小さいことがわかってもらえるのではないだろうか。

ぼくは変化がつねにいいものだと言っているわけではない（お気づきかと思うが、イギリスで起きている変化にはぼくが快く思っていないものがけっこうある）。事実、日本で多くのいいものごとが変わっていない（あるいは改善されている）ことはすばらしいと思う。たとえば、社会の強い団結心、優れた公共交通網、低い犯罪率といったことだ。

日本に変化を妨げる根深い要因があると言いたいわけでもない。「明治革命」（こう呼んだほうが「維新」より正確だと思う）は、封建主義社会が一世代で先進国に変わるという、近代史でもまれに見る偉大な出来事だった。そして第二次世界大戦後、日本は完全に生まれ変わった。

けれども思うに、今のぼくたちはそんな劇的な時代に生きていない。こんなふうに書くと失望する人がいるかもしれないが、日本を離れてかなりたったぼくが今の日本を見て気がつくのは、たくさんの小さな変化ばかりだ。たとえば――ぼくが初めて日本に来たとき、ときどき子どもたちがぼくを見て「アメリカ人だ」と言っていた。何年かすると「ガイジンがいる」と言うようになった。今ではなぜか「YOUがいる」と言われる。

17 あのとき思ったこと、いま思っていること

同じ川に二度入ることはできないと、古代ギリシャの賢人は言った。たとえ場所は同じでも、時間が過ぎていれば何かが変わっているという意味だ。もっと重要なことに、その場所を二度目に訪れるときには、その人自身も変わっている。だから自分では前と同じことをしていると思っても、実は別の経験や視点とともに別の人間として行っている。

この話は、まさにぼくに当てはまる。日本の多くのものについてのぼくの見方は、住んでいたころ（ざっと一〇年前だ）と今では変わっている。いかにも日本らしい光景をいくつか取り上げて、ぼくの考えの変化をしるしてみたい。

◆企業が新入社員向けに行うイベント（入社式？　説明会？）が終わり、三〇〇人の若

い人たちが会場から出てくる。男性も女性も、まったくひとりの例外もなく、黒いスーツと白いシャツを着ている。

［そのとき思ったこと］

うわ、これだからみんな、日本人は画一的だって言うんだな。この人たちだって、それぞれの趣味も人格もある一個人なのに、この場ではみんな奇妙なくらい同じに見える。

［いま思っていること］

自分以外の二九九人がそういう格好をしてくるとわかっていたら、紫のシャツを着るには大変な勇気がいるよね。

◆居酒屋の前に長い行列ができている（一度行こうとした店で、確か午後一〇時閉店、九時二〇分ラストオーダーだった）。

［そのとき思ったこと］

列に並んでいる人のうち、どのくらいが「サクラ」なんだろう。あるいはこの行列を見て、これだけ多くの人が並ぶのだから行ってみる価値のある店にちがいない……と思った人はどのくらいいるのだろう。

［いま思っていること］
経済学の重要な原則のうちのふたつは、「利潤最大化」と、希少なモノを「価格メカニズム」を通じてどのように割り振るかだと思う。そう考えると、日本は資本主義経済が機能していないのではないかと思える。もし機能しているなら、この居酒屋は事業を拡大させる。あふれている客を取り込むために近くに支店を出すか、営業時間を延ばすかだ。あるいは、単に価格を上げるだけでもいいだろう。

◆花見の季節。最高の場所にはロープが張られているが、人はいない。この場所を「予約」しているという団体の名を書いた紙がテープで貼られている。

［そのとき思ったこと］
こんなシステムを許すのは日本だけだろう。
［いま思っていること］
この団体の名を書いた紙の上に、別の注意書きをテープで貼ったら面白いだろうな。「ご自由にお使いください」とか。

◆花見の季節は短くて美しい。それなのに、青いビニールシートだらけ。

「禁ずる」と、「どうぞ」を上に貼りたくなるよ

［そのとき思ったこと］
日本人は野外での食事を企画するときも、本当にまめなんだな。このシートは水に強いし、洗うのも簡単だし、いろいろ便利だ。
［いま思っていること］
青いビニールシートはとても醜悪で、せっかくの景色を壊している。段ボールのほうがはるかに目ざわりではないし、捨てることもリサイクルすることもできる。

◆飲食店のスタッフが、大きな折りたたみ式のバッグのようなものを客に持ってくる。客がそこに自分のバッグを入れれば、床に直接置かずにすむ。
［そのとき思ったこと］
何も思わなかった。このサービスはぼくが日本を離れたあとに生まれたと思っているが、大きな思いちがいなのだろうか（不思議なことに、何人かの人が「ずっと」あったとぼくに言った）。
［第一印象］
ぼくはバッグというものが、汚れては困るものを入れるためにあると思っていた。そのバッグを入れるバッグがあるなんて……。

◆小売店で客が手に品物をいくつか持っていると、店の人がさっとカゴを差し出す。

［そのとき思ったこと］

さすが日本のサービス！　スタッフは気がきいていて、客が何を必要としているかをすぐに見極める。

［いま思っていること］

とても賢いサービス！　客にやさしく接する一方で、レジに向かう前にもっと品物を手に取りたくなるようにしている。

◆テレビのニュース番組が終わりに近づき、ニュースをあと一本伝えるくらいの時間が残っている。最後に流れるニュースは、三重県の小学生がどんぐりを拾った（どんぐり拾いの季節だから）とか、愛媛県の小学生が田植えをした（田植えの季節だから）というったものだ。

［そのとき思ったこと］

日本と同じく、イギリスでも昔、人が死んだり災害が起きたりというニュースが続いたあとに少しほっとできる「明るい」ニュースが流れたものだ。ロンドン南西部のクラッパムにタップダンスのできる犬がいるとか、母猫に捨てられた子猫を農家の豚が引き取ったとか。

［いま思っていること］

日本の働く人たちの半分は、ほとんど自然に接することがない。こんな小さなニュースでも、日常の中で季節の変化をいくらか感じられる貴重な機会なのだろう。

◆選挙が始まった。選挙カーが近所をぐるぐる回って、中身のないスローガンを騒々しく叫び、候補者の名前をひたすら連呼している。駅のあたりや商店街もうろついて、「騒音攻め」にするのだろう。

［そのとき思ったこと］

仕事もしたいし、リラックスもしたい。昼寝だってしたくなるかもしれない。ぼくは自分の部屋にいる。この部屋にお金を払っている。それなのに騒音に悩まされ、この状況をどうすることもできない。おまけにぼくには、いちばん騒音を発している候補者に投票しないという選択肢もない。いったいどうしろっていうんだっっっ！

［いま思っていること］

仕事もしたいし、リラックスもしたい。昼寝だってしたくなるかもしれない。ぼくは自分の部屋にいる。この部屋にお金を払っている。それなのに騒音に悩まされ、この状況をどうすることもできない。おまけにぼくには、いちばん騒音を発している候補者に投票しないという選択肢もない。いったいどうしろっていうんだっっっ！

◆年末。宝くじ売り場に長い列ができている。少なくとも四五分は待つだろう。近くに別の売り場があるのだが、そこには誰も並んでいない。だからといって、列を離れてそちらで買おうという人はいない。スーパー宝くじの当たりが出たことのある売り場で買いたいからだ。

［そのとき思ったこと］

ギャンブルをやる人は、本当に縁起をかつぐものだ。売り場が違っても、一枚の宝くじが当たる数学的な確率はまったく変わらないことを理解したほうがいいんじゃないか。売り場の「実績」なんて意味がない。

［いま思っていること］

縁起を逆の方向にかつごうという人はいないのだろうか。数学が苦手なぼくの計算では、ある宝くじが大当たりする確率が一〇億分の一だとしたら、同じ売り場で大当たりが二回出る確率は四〇兆分の一とか、そんなものになるはずだ。「あの売り場は向こう一六万年分の当たりを出してしまったから、ぼくはあそこでは買わないね」

◆書店。たくさんの人が立ったままで、本や雑誌を一冊丸ごと読もうとしている。日本語にはこの行為を表す「立ち読み」という表現があるが、英語にはない。「browsing」という言葉は使うけれど、これは「買うかどうかを考えるために本の一部を拾い読みする」という意味だ。

[そのとき思ったこと]

読みたい本にお金を出さないなんて、なぜそこまでケチなのだろう？　あの人たちは図書館という場所を知らないのだろうか？　どうして書店は立ち読みする客を追い出さないのだろう？

[いま思っていること]

この本を買ってください。お願い。ぼくはこれを書くのに何年もかけました！

18 知らなかったことだけで、一冊の本になる

ジャーナリズムの世界に足を踏み入れたときに聞いた最もすばらしい助言のひとつは、「皮肉であることを示すフォントはない」というものだ。ぼくは話をするときにいつも皮肉を混ぜるから、書くときも自然とそんなふうにしたくなる。でもこの助言をもらって、自分の書いた言葉がまじめなものとして受け取られかねないことに気づいた。ぼくが「ブレアは『なかなかの正直者』であることを証明した」と皮肉っぽく書いても、友人たちはトニー・ブレアをほめている記事を読んだよとぼくに言ってくるかもしれない。「日本政府は経済浮揚策として、高速道路をもう少し建設すべきだろう」と皮肉を込めた提言をしたなら、読者から事情を解説したていねいな手紙が届くかもしれない。

さて、みなさんには、ぼくが今、ばつの悪さを示すフォントで書いていると思って

いただきたい。この文章を書きながらぼくの心によぎるのは、そんな感情だからだ。ずいぶん前から、ぼくは自分を「日本通」だと思ってきた。日本の人から「あなたは日本のことを日本人よりもよく知っているね！」と言われても、そんなほめ言葉には関心がないというふりをするだけだった。イギリス人に向かってそのように紹介されても、自分が日本通であることを否定しなかった。ぼくはこんなふうに言ったものだ。「まあ一五年も住んでいれば……当然いろいろわかってきますね」

けれども日本に旅で戻ってきて、ぼくは自分の知らなかったことがとんでもなく多いことに気づいた。それも一般に知られていないことなどではない。ふつうの日本人ならたいていは知っていそうなことを、きちんと調べなかったり、もしかするとただ見過ごしたりしていたのだ。

愚か者だと思われるのは覚悟のうえで（ぼくがばつの悪さを示す特別なフォントで書いていることを忘れないでほしい）、自分が知らなかったことをここにあげてみたいと思う。読者のみなさんにはもしかすると面白がってもらえるかもしれない。ぼくはこれを「自分が思っているより半分でも賢かったら知っていたはずのものごと」と呼びたい。

まず、場所である。ぼくはちょっと前まで、自分が「日本中」を回ったと豪語していた。日本を離れることになるかもしれないと思った一九九七年には、北海道への大旅行を敢行した。神戸と東京に住み、このふたつの街とその周辺を徹底的に動き回った。九州は二回にわたって「制覇」したし、四国には特別な思い入れがあった。広島にはずいぶん行き、新潟にも何度か行き、名古屋には一度行った。金沢にも岡山にも倉敷にも、利尻島にも直島《なおしま》にも三宅島にも桜島にも行った。地図をざっと眺めただけで、まともな知識もないまま、能登半島までヒッチハイクで行って何日か過ごしてこようと決めたこともあった（ぼくがテントを張った近くには、北朝鮮への拉致に気をつけろという看板があった。一九九八年のことで、ぼくはこの地方の伝説だと思っていた）。沖縄には日本を離れる前の年に、仕事でようやく行った。ぼくは自分がものすごく旅をしたような気になっていた。

二〇一四年と一五年に、今まで行ったことがなかった「目立たない」場所を回ることにした。そのうえで次の地域には、心からおわびしたいと思う――会津若松、秋田、平泉、弘前、松本、そして長野。どの場所もとても面白く、とても楽しめた。それぞれの場所について、ちゃんとした旅行記を書けると思う。日本の友人たちにも、これらの場所に行くべき理由を伝えた。しかし最も驚くのは、二〇一三年までのぼくはこのうち三カ所は聞いたこともなく、二カ所は名前しかしらず（地図で指させなかった)、残りの一カ所はけっこう汚い事件がきっかけで知った場所だったということだ。

おまけに、ぼくは明治政府に抵抗した会津の白虎隊《びゃっこ》のことも知らなかった。ナマハゲについてはNHKの古いドキュメンタリー番組で見たような気がするが、あれも別の地方の別の「鬼」の話だったかもしれない。善光寺では数え年で七年に一度、仏を象徴する特別な柱が出てくるということも知らなかった。平泉にとても美しい寺があることも知らなかったし、この町のことは聞いたこともなく、世界遺産に登録されたから行こうと思ったわけでもない。ぼくはほとんど偶然から行くことになったのだが、平泉に着いたらちょうど世界遺産登録を祝う催しが行われていた。松本には日本にわずかしか残っていない「本物」の城があることも知らなかったし、外側から見ると五階建てなのに内部は六階建てになっている城を造れることも知らなかった。

長野県には鳥くらいの大きさの蜂がいることも知らなかった。深い山林を歩くときには熊が寄ってこないようにするため、大きな音を出したほうがいいということも知らなかった(イギリス出身のぼくは、熊に出会うなどという状況は考えたこともなかった。それにぼくなら、熊に感づかれて食べられないようにするには、静かにしているのがいちばんだと思ったかもしれない。山道にバラバラな間隔で置かれている木槌とぶら下がっている板は、歩いている人が音を出すためのものだと気づくまで少々時間がかかった)。

ぼくが見過ごしていた場所は、自分がいちばんよく知る地域にまで及んでいた。ぼくは徒歩と自転車で東京のいたる所に行った(少なくともそう思っていた)。ところがある日、等々力渓谷公園に連れていってもらったら、なんだか別世界に感じられた。東京のふつうの通りを一歩離れただけで、原始林のように思える場所がある。

多摩川台公園も見つけた。ぼくが七年住んだアパートから、ほんの三キロ半しか離れていない。まったく不思議なのは、これこそぼくが知っておきたいような場所だったことだ。ぼくは公園が好きで、川が好きで、ちょっと小高い場所が好きで、歴史の香りのするものはなんでも好きだ。多摩川台は多摩川沿いの小高い公園で、古墳がいくつもあって、歴史を解説している展示スペースもある。これまでさんざん歩いてきたのに、この公園を知らなかったなんて信じられない。

一五年間も知らずにいながらなんとかやってこられたのに、今は頻繁に耳にしている言葉をたくさんあげるのは、みなさんを退屈させるだけかもしれない。けれども、ここでとくに驚いたことをいくつか書いておきたい。「ハタハタ」という名の魚がいることをぼくが知ったのは、つい最近のことだ。日本ではずいぶん魚を食べていたから、まったくおかしな話ではある。それから「焼き鳥にかけるピリッとした粉」は「七味」という（まさに「七つの味」という意味だから、覚えにくくないし、忘れてしまうこともあまりない）。ここで強調しておきたいのは、これらの言葉をぼくが忘れたのではないということだ。ぼくはもともと知らなかったのだ。

「こごみ」という野菜も見たことがなかった。青森の小さな八百屋でこの野菜を「発見」したとき、ぼくはこの地方にしかない珍しいものだと思って、友だちにあげる手ごろなお土産に買って帰った。しばらくして近所の八百屋でこごみを見つけ、やがていたる所で見つけ、とてもよく食べるようになった（ぼくは緑の野菜が特別に好きなわけではないから、こごみのやわらかい味はちょうどいい）。

何日かして、ぼくは小松菜も発見した。

「きつねうどん」と「たぬきうどん」があって、これらにキツネやタヌキが使われているわけではないことはご存じだと思う。ぼくは、麺類のメニューには動物の名前が使われることが多いのだろうと考えた。そうしたら、「ざるそば」というものがあるではないか。つまりぼくは「ざるそば」の「ざる」を、「山猿」の「ざる」と同じだと思ったのだ。これがまちがいであることは最近、まったくの偶然から知った。

なぜか、美空ひばりのことも見過ごしていた。新聞の世論調査で、彼女は「戦後日本を代表する人物」の第六位になっていたのに。ぼくは美空ひばりの代表曲である

「川の流れのように」をＹｏｕＴｕｂｅで見つけたが、まったく聴いたことがないと思った。

ついでに書いておくと、このランキングの残り一九人はすべて男性だ。戦後の日本社会には、ジェンダーにからむ強い偏りがあったと言わざるをえない。しかし、一九人の男性のことはみんな知っていたのに、たったひとりの女性を知らなかったぼくは、もっと性差別主義者だということになるだろう。

日本に住んでいたとき、ぼくは店の外にぶら下がっている杉の玉を目にしていたはずだ。なぜあれに関心を持たなかったのだろう。ある種の飾りだと思っていたのだろうか。もちろん今のぼくは、あの杉玉は「新酒ができました」という意味であることを知っている。自然で魅力的な宣伝の方法だ。

酒造りに季節があるなんてことも考えなかった。季節が関係すると知ったのは、八戸の蔵元を見学するツアーに出かけてからだ。酒造りのオフシーズンだった。蔵元の人たちは見学者がぼくひとりしかいなかったのに、いろいろなことをていねいに教えてくれた（ありがとう）。今のぼくは、酒の神様は女性であり、彼女の「嫉妬心」のために女性は酒造りに携われなかったのだと知っている。

墓地は誰もが好きな場所とは言えないけれど、きれいに整えられた特徴のある場所であることが多いと思う。日本中で多くの墓地に行ったが、「五輪塔」式の墓に注目したことがない。今では「お気に入り」の墓だ。これらは時を経るにつれて面白さと魅力が増していく数少ない建築物のひとつだろう。それはいいことだ。なんといっても、ずっと残るものなのだから。いうまでもなくぼくは、五輪塔の五つの石が五つの要素を示すことも知らなかった。仏教の思想に五つの要素があることも、もちろんそれらが何であるかも知らなかった。

ぼくは長いこと日本に住んでいただけではない。ジャーナリストとして、ものごとを理解し、解説することが仕事だった。ぼくは自分に探求心があるとうぬぼれていたし、その仕事をけっこうしっかりやっていると思っていた。なにしろ、日本について本を書こうという自信まであったのだ。だから、自分がどれだけ多くのことを見過ごしていたかを知って、恥ずかしさにも近い、ばつの悪い思いをしている。言い訳にもならないが、人は決まった行動パターンができてしまうと、新しいものに注目しなくなるのだろう。もし午後に時間が空いたら、ぼくは洗足池公園に行った。気に入った場所だったし、家から五分で行ける……。別の公園を見つける必要はなかった。休みが三日あれば、ぼくは下田に行った。いつも楽しかったし、松本に行くより安くすんだ。池上本門寺には二〇回行ったが、護国寺には行ったことがなかった（最近ようやく行った）。ぼくは日本を離れることで、決まりきった行動パターンをやっと捨てることができたのだ。

ある年に花見のために日本へ来たとき、ソメイヨシノは実をつけないと聞いて、わりに驚いた。接《つ》ぎ木や挿《さ》し木をして増やすのだという。だからソメイヨシノは、まわりの木とほぼ同じ時期にいっせいに咲く。ある意味で、ソメイヨシノは日本各地にあるものも、ワシントンやウィンザー城にあるものも、みんな「クローン」なのだ。このことを知って、ぼくはもう少し「自然な自然」と異種混交の力強さと、多様性に思いをめぐらせた。

知らなかったものを、もう少しだけあげさせてほしい。ぼくは「道の駅」を知らなかった。今では、その地域の産品を一覧できる博物館のような場所として利用している。「古墳」が造られた時代が（当たり前のことだけれど）「古墳時代」と呼ばれていることを知らなかった。今では縄文時代についても学び、なぜこの時代がそう呼ばれているかも知っている。四五〇〇年前の縄文時代の全盛期に、青森の三内丸山《さんないまるやま》が日本の「首都」だったかもしれないということも学んだ。

土偶は古代の彫像だが、かわいらしくて魅力がある。ぼくが自分の家に飾りたい日本の「キャラクター」は土偶だけだ。

今では、城の石垣がどこも同じような構造ではないことがわかる。古くは大きな石が使われ、すき間が広かったが、それがより一定の大きさの石になり、やがて表面が滑らかな石で急な傾斜の石垣を造るようになった（今のぼくは「武者返《むしゃがえ》し」という言葉も知っている）。

ぼくが日本で学んだ大きなことは、この国が思ったよりもいっそう面白いという点だ。訪れるべき場所はたくさんある。気づいていない日本文化の魅力的な側面もある。ぼくが知らなかった思想や言葉や風景がある。

ありがたいことに、もうぼくは日本について知るべきことをすべて知ったから、このすばらしい知識とともに安心して過ごしていける。

（もちろん、最後の文は皮肉です）

日本酒には季節がある

善光寺、あった！

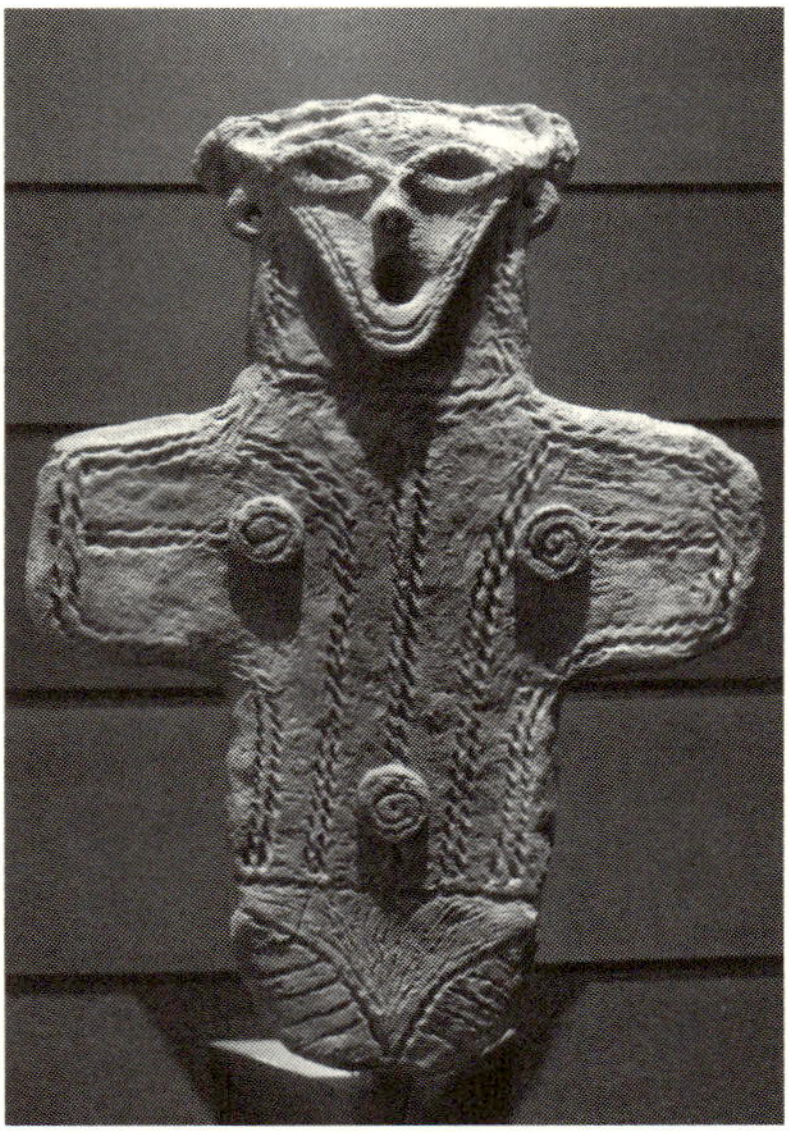

土偶くんは、いちばん好きなキャラクター

ムシャガエシ

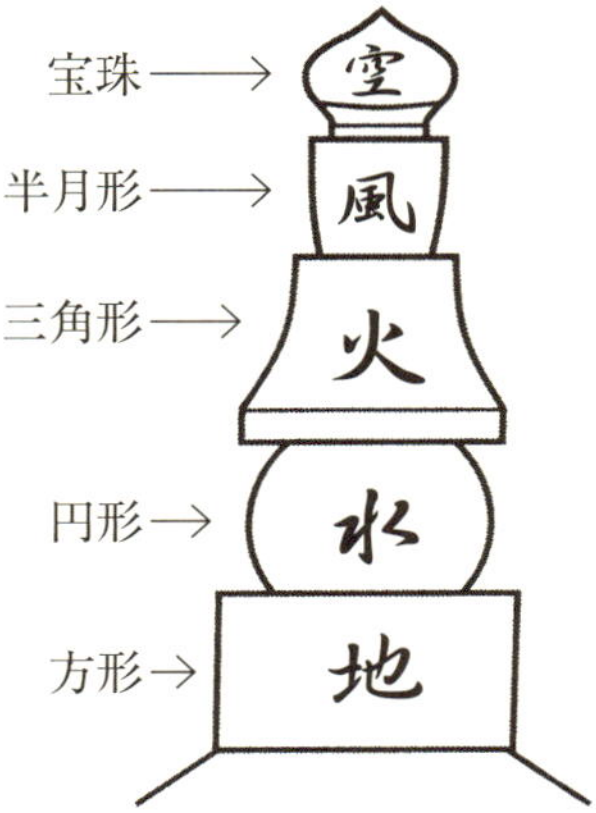

五輪塔

古くなるほど魅力が増すと思う

著者あとがき

一〇年前、日本での経験について本を書かないかという話をもらったとき、ぼくにはひとつ確信があった。こんなチャンスは、もう二度とない――。だからぼくは、自分が学んだこと、気に入っていたこと、日本に住んだ時代について感じていたことを、できるかぎり詰め込んだ。何かを残しておいたわけではない。

だからこの本を書きはじめたときは、いささか不安もあった。幸運なことに、ぼくにはこの本のために使える時間がふんだんにあり、多くの助力を得ることができた。しかし最も重要だったのは、ぼくにはいいテーマがあったということだ。日本、そして日本の人々だ。

日本から離れて暮らすことで、ぼくは日本を新しい視点から見つめなおすことができた。これまで忘れていた多くのことを思い出した。イギリス人やアメリカ人の友人たちが、日本のどんな話に関心を示しがちなのかわかったが、それは必ずしもぼくがいちばん面白いと思ったものではなかった。日本に戻ったら、新しい発見がたくさんあった。その一部は本当に新しいことだったが、一部はぼくにとって新しいというだけだった。

今になってみれば、この本を書くのはむずかしいことではなかった。ぼくは日本で時を過ごし、観察し、メモをとったが、材料自体はぼくの前にいくらでもあったのだ。

この本でぼくは、日本の政治制度や社会や文化を、綿密に深く分析しようとしているわけではまったくない。「教科書」のようにも思える本のタイトルから、勘違いする読者がいないことを祈っている。この本のほかの部分と同じく、どうかこのタイトルをあまりまじめに受けとめないでほしい。ぼくの手法はかなり行き当たりばったりだし、書きたいことを書きたいように書いたという意味ではかなり個人的な本だ。だから、この本に欠点があるとすれば、それはぼくという人間の欠点の反映ということになる。

この本のためのアイデアは、何回かにわたり日本を訪れた間にためていった。滞在期間が長いこともあった。ぼくを泊めてくれたり、日本への訪問をとても楽しいものにしてくれたり、新しい経験に誘ってくれた多くの人々に、本当に感謝している。

この本は、林史郎をはじめ、三賢社のみなさんの尽力と助言がなければ生まれなかった。翻訳担当の森田浩之は、絶えず忍耐と激励の姿勢をもって接してくれた。彼らは「すばらしい仕事仲間」というだけではない。すばらしい人々だ。

クリス・バートンはつねに友情ともてなしの心と助言を惜しまない友人だが、ぼくがこの本の仕事をしている間もそれは変わらなかった。

ぼくは初めての本である『「ニッポン社会」入門』の販売を担当してくれたＮＨＫ出版の故・田中浩行氏に生前お会いする機会をついに得られなかったが、そんな勤勉な若者がぼくの味方にいてくれたのは光栄なことだ。

最後に、この本を買っていただいたすべての読者のみなさんに——とくに注意深く読んでいただいたみなさんに——この言葉を贈りたい。ご乗車ありがとうございました！

コリン・ジョイス

訳者あとがき

この本を手に取って、「ああ、あのコリン・ジョイスだ、日本に帰ってきたのかな」と思われた方も、「へえ、コリン・ジョイスって誰？　イギリス人？」と思われた方も、ようこそコリンの世界へ。どちらの方にも本書を見つけていただいてうれしいが、ひとつお伝えしたいことがある。

もしかするとこの本のコリンは、もう「あのコリン」ではないかもしれない。一〇年前のデビュー作『「ニッポン社会」入門』から明らかにパワーアップしている。初めてコリンの名を知った方は「新人」の書き手のように思われるかもしれないが、ちょっと読んでもらえばわかるように、ほとんど「名人」である。

僕はこれまで偶然の出会いだとか一期一会だとかを信じるほうではなかったが、この本を作りながら、そういうことは本当にあるのだと思わざるをえなかった。もしあの日コリンが、僕も働いていたニュース週刊誌の編集部に入ってこなかったら。この本の編集担当でもある林史郎さんに、僕が一度だけ会っていなかったら。その彼がコリンの書いたコラムを読んで、当時イギリスのコルチェスターという町に住んでいた僕にメールを送ってこなかったら……。そんないくつものことがすべてかなっていなければ、この本が新しく設立された三賢社から出版されることはなかっただろう（おまけにコリンがいまコルチェスターで住んでいる家は、僕が借りていたアパートから「石を投げれば当たる」距離にある）。

コリンの本を翻訳するのはこれが四冊目だが、最初の『「イギリス社会」入門』（NHK出版新書）の訳者あとがきに、僕は「コリン・ジョイスと行くイギリス一〇日間の旅」のようなツアーがあったら迷わず参加しようと書いた。でもこの本を翻訳しながら、さらに面白そうな企画を考えついた。

それは「コリン・ジョイスと巡るニッポン再発見一〇日間の旅」とでも呼ぶべきツアーだ。案内役はイギリス人だが、日本人にも大きな気づきを与えてくれることはまちがいない。読者のなかに利尻島と桜島の両方に行ったことのある方はいるだろうか。平泉と、八戸の酒の蔵元と、能登半島に（しかもヒッチハイクで）行ったことのある方は？（僕はどれにも行ったことがない）

時間がないという人向けには、日帰りコースの「コリン・ジョイスと巡る東京の旅」もよさそうだ。隅田川と下町を中心にしたコースと、池上本門寺や武蔵小山商店街あたりを巡るコースのふたつを準備してもいい。どちらもすてきなメニューを組んでくれるだろう。

ただし、案内役は日本や東京について熱心に解説しているふりをしながら、イギリス流の強烈なジョークをしのばせてくる可能性があるので、その点だけ注意することをおすすめする。

森田浩之

本文写真、書き文字――コリン・ジョイス
本文組版――佐藤裕久

著者

コリン・ジョイス　Colin Joyce

1970年、ロンドン東部のロムフォード生まれ。オックスフォード大学で古代史と近代史を専攻。92年来日し、高校の英語教師、『ニューズウィーク日本版』記者、英紙『デイリーテレグラフ』東京特派員を経て、フリージャーナリストに。07年に渡米し、10年帰国。著書に『「ニッポン社会」入門』、『「アメリカ社会」入門』、『「イギリス社会」入門』、『驚きの英国史』など。

訳者

森田浩之　もりた・ひろゆき

ジャーナリスト。立教大学兼任講師。ロンドン・スクール・オブ・エコノミクス（LSE）メディア学修士。主な訳書にコリン・ジョイス『「イギリス社会」入門』、『驚きの英国史』。著書に『メディアスポーツ解体』、『スポーツニュースは恐い』など。

新「ニッポン社会」入門
英国人、日本で再び発見する

二〇一六年一月三〇日　第一刷発行

著者――コリン・ジョイス　©2016 Colin Joyce
訳者――森田浩之　Japanese translation copyright ©2016 Morita Hiroyuki
デザイン――有山達也＋中本ちはる（アリヤマデザインストア）
発行者――林 良二
発行所――株式会社 三賢社
〒一一三―〇〇二一
東京都文京区本駒込四―二七―二
電話 〇三―三八二四―六四二二
FAX 〇三―三八二四―六四一〇
印刷・製本――中央精版印刷株式会社

Printed in Japan
ISBN978-4-908655-00-5　C0098